DAWNS GANOL DYDD

DAWNS GANOL DYDD

JOHN GRUFFYDD JONES

GWASG Y BWTHYN

ISBN 978-1-907424-36-6

Mae'r cyhoeddwr yn cydnabod
cefnogaeth ariannol
Cyngor Llyfrau Cymru

Argraffwyd a chyhoeddwyd gan
Wasg y Bwthyn, Lôn Ddewi, Caernarfon

CYNNWYS

I
MRS. CIT PARRY
A'R TEULU
AC
ER COF AM
GRUFFUDD PARRY

DIOLCH

I Marred, Geraint a Malcolm yng Ngwasg y Bwthyn am gefnogaeth gyson ac arweiniad sicr.

I Sian Parry am gynllunio clawr mor ddeniadol.

I'r Dr Angharad Price am fy annog i sgwennu ac am gefnogaeth arbennig bob amser.

I'r Cyngor Llyfrau am nawdd i gyhoeddi'r gwaith.

Pennod 1

Doedd hi erioed wedi bwriadu dod yn ôl, yn enwedig i'r union le, ond wedi cyrraedd roedd hi'n methu gadael, ac roedd hi yno ers bron i ddwyawr bellach. Neb ond y hi ei hunan.

Disgynnai'r dail yn felyngoch frau oddi ar y coed uwch ei phen, hongian am eiliad ar yr awel cyn disgyn mor ddistaw â dagrau i'r llawr, a'r brigau main fel bysedd hen wrach yn galw'r gaeaf i gadw'r oed blynyddol yng Nghoed y Felin. Gaeaf oedd yn ei haros hithau bellach, ond fe fyddai Bethan yn cofio ambell wanwyn ac ambell haf hefyd ynghanol pob gaeaf bellach. Roedd cwrlid o ddail yn cuddio'r mwsog o dan ei thraed a threiddiodd chwa o aroglau pydredd i'w ffroenau ac roedd gas ganddi aroglau felly. Aroglau felly oedd o gwmpas y fynwent wedi iddynt agor y bedd ar gyfer angladd ei nain ers talwm.

Ond i'r gwanwyn roedd hi'n perthyn, hogan dechrau Mai oedd hi ac wedi cyrraedd hefo'r briallu meddai ei thad sawl tro, ac er ei phryderon ar brydiau roedd ias y gwanwyn ynddi hyd heddiw a hithau ychydig dros ei hanner cant. Hyd yn oed heddiw, a holl ddigwyddiadau'r misoedd yn dal yn fwrlwm yn ei chalon, roedd cyffro'r gwanwyn yn rhedeg yn ei gwaed. Efallai nad oedd ganddi'r hawl i deimlo felly, ond doedd hi ddim am fygu'r teimladau chwaith, dim ond eu cuddio er mor anodd fyddai hynny.

Yn enwedig oddi wrth rai. Ond roedd eu cuddio yn holl bwysig er eu bod yn mynnu codi fel dŵr ffynnon o ryw ddyfnder oedd ynddi ac wedi bod ynddi erioed. Y teimladau hynny oedd wedi rheoli digwyddiadau'r oriau dros gyfnod y gwanwyn a'r haf aeth heibio. Dyna oedd wedi digwydd, dyna oedd ei chyfrinach am weddill oes, a dyna oedd ei phechod hefyd. Ond os mai dyna oedd pechod, yna diolch i'r drefn amdano, a fyddai difaru yn gwneud dim gwahaniaeth nac yn ei helpu i wynebu'r gaeaf chwaith. Weithiau roedd yna bleser mewn pechod.

Llafnau o haul gwantan oedd rhwng y brigau, llafnau gwynfelyn hir, ond eto'n ddigon cryf i feiddio cynhesu ychydig ar y boncyff yr eisteddai Bethan arno, ac roedd yna esgus o awyr las yma ac acw dim ond iddi edrych a syllu'n ofalus. Gweddillion hen Haf Bach Mihangel yn mentro herio'r llwydni ac roedd hi'n mwynhau cyfnodau felly bob blwyddyn. Effaith a chryfder y gwanwyn eto mae'n siŵr.

Ffrog lasddu gynnes oedd ganddi amdani o dan gôt a ddylai fod yn drymach ar gyfer y tymor, a'r ffrog honno'n amlinellu'r ffaith bod ei chorff yn dal yn hynod siapus er gwaetha' brwydr y blynyddoedd, a'r corff hwnnw'n ddigon da i dynnu sylw ambell un yng nghaffi Madryn y diwrnod o'r blaen. Roedd hynny wedi ei phlesio a chodi mymryn o wên. Ac roedd lliw glas yn gweddu iddi, dyna oedd Huw wedi ddweud wrthi ddwywaith neu dair o weithiau ers talwm, er na ddywedodd o erioed pam chwaith, a wnaeth hithau ddim meiddio gofyn. Fyddai yna fyth gyfle i ofyn eto. Fu Ifan erioed yn hoff o las, hen liw oer oedd o medda' fo boed yn dywyll neu yn olau, ac roedd o wedi dweud hynny'n bendant iawn sawl tro.

Casglai ambell ddeilen ar wyneb yr afon o'i blaen, dail a

fu unwaith yn llawn gwyrddni, ond erbyn hyn yn troi a throi ar wyneb y dŵr. Hon oedd eu dawns olaf cyn diflannu am byth. Yn y fan yma roedd hi wedi sefyll yn droednoeth a haul diwedd Gorffennaf a dechrau Awst yn sglein ar ei chluniau a'i gwallt yn gawod ysgafn ar ei hysgwyddau a'r awel yn gynnes braf. Ond prin un ar bymtheg oedd hi'r adeg honno a'r gaeaf yn ddim ond enw ar dymor arall. Daeth awydd arni fentro i'r dŵr unwaith eto fel y gwnaeth hi'r diwrnod hwnnw, er mai digon oer fyddai hwnnw, ond fu arni erioed ofn mentro a digon prin y byddai neb o gwmpas i'w gweld beth bynnag. Wnaeth neb eu gweld y diwrnod hwnnw chwaith mae'n siŵr neu fe fyddai rhywun wedi rhoi gwybod i'w rhieni. Tynnodd ei hesgidiau fel pe bai ar fynychu teml sanctaidd a'u gadael wrth gysgod y boncyff ar mwsog yn garped cyfforddus iddynt, ac yna tynnu ei sannau yn bryfoclyd o araf a theimlo'r cyffro cynnes yn cerdded ei chorff wrth iddi droedio'n ofalus rhwng y brigau bach crin a'r deiliach oedd rhyngddi â'r afon. Pam bod dynion yn gwirioni ar sannau du tybed? Doedd ganddi ddim sannau pan oedd hi'n un ar bymtheg oed yn sefyll yn yr union fan y...

"Bethan." Roedd geiriau Huw bron yn rhy ddistaw iddi eu clywed.

"Be' sydd?"

"Isio gofyn rwbath i ti."

"Gofyn be' Huw?"

Tawelwch llethol am eiliad neu ddau a'i lygaid yn edrych i bobman ond arni hi. Yna y rhuthr o eiriau yn hanner brawddeg.

"Gofyn fasa' ti'n..."

"Faswn i'n be?

"Dim byd, dim ond meddwl oeddwn i. Anghofia' fo."

"Meddwl be' 'ta?"

"Fedra'i ddim deud yn iawn, ond…"

Yna tawelwch sydyn sydyn a syllu arni, syllu trwyddi bron a'i lygaid yn fflam cyn i'r gwrid lenwi ei ruddiau a'r geiriau trwsgl yn frysiog.

"Fasat ti'n dŵad am dro hefo fi?"

Wnaeth hithau ddim ateb am foment chwaith a'i llygaid glas yn ei hoelio yn y fan a'r lle a'i swildod yntau'n amlwg. Roedd hi wedi sylwi arno dro ar ôl tro ers wythnosau bellach yn cil edrych arni, yn ceisio dal ei sylw pan nad oedd neb arall yn edrych, ac fe deimlai hithau'r gwrid yn codi'n araf i'w gruddiau bron bob tro. Doedd hi erioed wedi teimlo felly pan edrychai rhai o'r hogiau eraill arni, ond roedd edrychiad Huw'n wahanol i'r gweddill rhywsut.

"I ble Huw? Am dro i ble?"

"Gei di ddewis lle. Rwla. Rwla hefo chdi."

"Lle ydi rwla?"

"Wn i ddim."

"Be' ti'n gofyn 'ta?" a difaru yn sydyn am iddi fod mor ffwrbwt a swta. Siom oedd lond ei wyneb wrth iddo droi cefn arni a dechrau cerdded i ffwrdd yn araf a thaflu ei eiriau dros ei ysgwydd.

"Am mai dyna faswn i'n lecio, Bethan."

"E'lla do'i."

Trodd Huw ar ei sawdl a'r llawenydd yn pefrio.

"Wir? Mi ddoi di Beth?" Wnaeth o erioed ei galw'n Beth o'r blaen.

Rhedodd Bethan i lawr at y traeth bach a'i gwallt fel lluman yn yr awel. Siglai'r gwylanod penddu yn llawn gorchest uwchben y môr wrth i'r tonnau dorri, cyn llepian yn ôl dros y tywod a'r gwymon. Llamodd hithau tros gwr ambell rimyn o dywod nes bod hwnnw'n hidlo rhwng bysedd ei thraed. Neidiodd tros y rhes o gerrig mân llyfn oedd rhyngddi â'r tywod ac yna carlamu trwy'r pyllau cynnes o heli llonydd i olchi'r tywod oedd rhwng ei bysedd, a'r gwylanod yn sgrech o'i chwmpas. Doedd dim yn well na bod yn droednoeth ar draeth.

Gallai weld Huw o bell yn eistedd ar y Garreg Fawr lwyd ymhen pella'r cryman o draeth, ac wrth iddo godi ei ben a'i gweld yn dod, cododd yn sydyn a llamu oddi ar y garreg cyn rhedeg nerth ei draed i'w chyfarfod a'i lygaid yn groeso i gyd.

"Dwi'n hwyr?' meddai Bethan dan ei gwynt.

"Fi oedd yn gynnar 'te."

"Mam o'dd isio gwbod i lle ro'n i'n mynd."

"Nest ti ddeud wrthi?"

"Deud y gwir 'te."

"Nest ti ddim deud mod i'n dŵad naddo?" a'r diffyg hyder yn amlwg.

"Deud 'mod i'n mynd i lan y môr, dim byd arall."

"A wnaeth hi ddim gofyn hefo pwy?"

"Naddo siŵr. Mi fydda i'n dŵad yma weithia' ysti."

"Hefo pwy?" a hynny bron cyn iddi orffen y frawddeg.

"Hefo ffrindia' weithia, ond ar ben fy hun rhan amla."

Sylwodd Bethan ar fflach o wên yn ymledu'n gyflym ar draws wyneb Huw a'i eiriau nesaf yn eilio'r gobaith.

"Dwi'n falch." A'r ofn yn dechrau cilio.

"Pam roeddat ti isio i mi ddŵad?"

Ddywedodd Huw run gair, dim ond syllu ar y tywod am ychydig ac yna troi ei lygaid ymhell allan tua'r môr fel petai'n chwilio am ateb yn y fan honno, ac yna'n sydyn cydiodd yn ei llaw yn dynn cyn ei gollwng yr un mor sydyn fel pe bai wedi cywilyddio am feiddio gwneud y fath beth.

"Paid â deud wrth neb, na 'nei?"

"Deud be' Huw?"

"Deud 'mod i wedi gofyn i ti ddwad am dro."
Arafodd hithau ei chamau'n sydyn a mymryn o siom yn ei llais.

"S'gen ti gwilydd ohona'i ne' rwbath?"

"Ew nagoes, dwi'n meddwl y byd ohon..." a hynny yn gyflym heb iddo sylwedoli ystyr ei eiriau. Gadawodd hithau i'w swildod a'i embaras gilio'n raddol, aros ac yna syllu i fyw ei lygaid.

"Meddwl be ddeudist ti?"

"Dim byd wir," ond ei wên yn dweud llawer mwy.

"Paid titha' â deud dim cofia, rhag ofn iddyn' nhw glywed adra."

"Fasa hi'n ddrwg arnat ti wedyn?"

"Efo 'nhad e'lla."

"Ond ddim hefo dy fam?"

"Mi fasa mam yn deall e'lla. Ma' merchaid yn deall mwy."
Roedd o am ofyn mwy, ond doedd o erioed wedi siarad fel hyn gyda neb o'r blaen. Amser cinio yn ystod yr wythnos roedd o wedi gwrando ar Ifan Tŷ Mawr yn sôn am Bethan hefo'r hogia mwyaf, ac yntau ond ar ymylon y sgwrs. Gwrando, gwybod a dweud dim. Dim ond meddwl pan oedd o ei hunan.

"Ma' Ifan Tŷ Mawr yn dy ffansïo di, tydi?"

"Ydio? Pwy sy'n deud?"

"Fo. Glywis i o'n deud."

"Deud wrth pwy?"

"Wrth yr hogia amsar cinio."

"Be' ddeudodd o felly?"

Syllodd Huw ar ei draed a gwneud llinell igam ogam yn y tywod gyda blaen ei esgid, ac yna heb godi ei lygaid.

"Deud bo chdi gythral o bisin, a ma' gen ti ma'r coesa' gora' yn yr ysgol i gyd, a mae o am ofyn i ti fynd i'r Palladium hefo fo."

"O, ydio?"

"Ydio wedi gofyn i ti?"

"Do, lawar gwaith. "

"Paid â mynd Beth, paid â mynd na 'nei."

Cododd Huw ei ben yn sydyn a'r erfyn yn llenwi ei wyneb cyn cydio yn ei law fel o'r blaen, ond heb ollwng y tro yma.

"Gin i hawl i fynd os dwi isio."

"Dwi'n gwbod hynny," a'r ansicrwydd yn amlwg iddi. Wnaeth Bethan ddim ond edrych arno wedyn a gwasgu ei law yn araf ac fe gofiai Huw yr edrychiad hwnnw am weddill oes.

"S'gen ti 'homework?"

"Oes, chydig."

"A finna. Maths a Chem."

"Braf arnat ti'n medru gneud Maths."

"Ddoi di i ista ar y Garreg Fawr am 'chydig cyn mynd adra?"

Nadreddai'r afon ar hyd gwaelod y dyffryn llydan yn byllau llonydd llwyd, weithiau yn fwrlwm gwyn, ac yna arafu yn sydyn cyn cyrraedd y môr mawr tu ôl i'r Garreg Fawr. Pan fyddai'r llanw'n uchel ar ddechrau Ionawr hyd canol y mis bach fe olchai'r tonnau'n chwil tros yr hen garreg a'i gadael yn diferu'n araf am oriau. Ond heddiw roedd y môr ymhell allan tua'r gorwel a'r Garreg Fawr yn grimp dan haul wrth iddynt gyrraedd law yn llaw. Neidiodd Huw yn heini ac ystwyth i ben y garreg, eistedd, ac yna estyn ei ddwylo iddi hithau ei ddilyn. Teimlai Bethan y garreg yn gynnes ar ei chluniau wrth iddi eistedd yn ôl a phrin oedd ei hymdrech i'w cuddio oddi wrth lygaid Huw.

"Pa' bryd gwnaeth Ifan ofyn i ti?"

"Ydio'n bwysig?"

"Mae o i mi Beth," ac ychydig mwy o hyder ynddo wrth iddi glosio ychydig ato yn araf.

"Mae o wedi gofyn lawer gwaith."

Cydiodd Huw yn ei llaw unwaith yn rhagor a'i figwrn yn wyn ar ei sgert dywyll.

"Dim ond pymtheg wyt ti 'te?"

"A mwy. Bron yn un ar bymtheg. Pam?"

"Ma' Ifan yn hŷn na fi."

"Ac yn fwy na chdi."

Roedd ei geiriau'n brifo, ond wnaeth hi ddim tynnu ei geiriau'n ôl chwaith, a dim ond wedyn y byddai'n poeni am hynny.

"Faint wyt am aros yn yr ysgol?"

"Be' ydi'r holi 'ma Huw?"

"Isio gwbod ydw'i."

Gollyngodd Huw ei llaw a mentro rhoi ei fraich yn ysgafn ar ei hysgwydd a phwysodd hithau ei phen ar ei ysgwydd yntau heb iddo ei chymell, a theimlo ei fysedd yn rhedeg yn araf araf trwy ei gwallt ac i lawr at ei gwegil.

"A be' wyt ti am 'i neud ar ôl gadael, fel taswn i ddim yn gwybod?"

"Mynd i'r môr."

"Be'?"

"Mynd i'r môr, dyna faswn i'n lecio neud, ond cha'i ddim."

"Pwy sy'n deud?"

"Mam, a nhad weithia ... Ofn i mi foddi fatha' nhaid, a sgen i fawr o ddewis wedyn nagoes, dim ond mynd i'r coleg. Dyna ma' nhw isio, ac os llwydda'i."

"Mi wyt ti'n siŵr o 'neud dwyt. Pasio pob dim a mynd o'ma."

Ffaith oer, galed ac yn llawn siom.

Roedd y llanw'n troi yn raddol a sŵn y tonnau'n dechrau crafu'r cregyn bras cyn llenwi ceg yr afon. Mynd a dod oedd hanes hwnnw, ond gadael am byth oedd hanes llawer o blant yr ardal, am mai dyna oedd yr unig ateb. Doedd yna fawr ddim yno o gwmpas ond tir glas ar ôl tir glas, ambell fryncyn ac afon a dim digon o'r tir hwnnw i fodloni pawb. Neidiodd Huw yn sydyn oddi ar y Garreg Fawr a sefyll yn dalsyth o'i blaen.

"Ma' Ifan yn iawn ysti."

"Be' ti'n feddwl?"

"Gen ti ma'r coesa' gora yn yr ysgol."

Cyn i Bethan gael amser i gasglu ateb roedd Huw yn rhedeg dros y tywyn a'r tywod yn gawod felen o'i ôl. Edrychodd hithau allan at y tonnau cyn disgyn yn araf o ben y garreg a cheisio rhoi ei thraed yn ôl traed Huw wrth iddi droi am adref a'i llyfrau.

Bron nad oedd hi wedi gweddïo am iddi lawio, ac erbyn canol dydd roedd pileri llydain yn cynnal mymryn o haul gwantan a chymylau duon uwchben y môr a'r gwylanod yn glwstwr ar y ffriddoedd fel madarch mawr. Wrth iddi gael cip sydyn allan trwy'r ffenestr fawr a'r cwareli sgwâr fe allai Bethan ddarllen arwyddion y tywydd ynghynt o lawer na'r truth Lladin oedd o'i blaen ar y ddesg, ac fe synhwyrai y byddai'r glaw yn curo ar y gwydr cyn canol dydd, a digon prin y byddai gobaith i'r hogiau gael y gêm bêl-droed arferol. Weithiau roedd yna fanteision o weddïo.

Neuadd ar gyfer popeth oedd neuadd yr ysgol, neuadd yn llawn o lawenydd weithiau, neuadd drist, neuadd o gân ac adroddiadau, neuadd drama, neuadd ymarfer corff, neuadd cyngerdd Nadolig, neuadd arholiadau anodd a neuadd o gyrraedd ac o ymadael hefyd. I'r neuadd yma roedd Bethan wedi dod bron i bum mlynedd ynghynt yn llawn ofn a swildod a phopeth a phawb bron o'i chwmpas yn newydd a diethr, a dim ond llond dwrn o wynebau cyfarwydd ynghanol yr holl fwrlwm. Bore digon llugoer ei groeso oedd o hefyd, ond dim ond blwyddyn arall ac fe fyddai'n eistedd yma a'r arholiad yn siapio a phenderfynu ei dyfodol, a gobeithion rhieni a ffrindiau yn y fantol. Gair yn llawn ofn oedd 'dyfodol'. Yma y byddai Huw yn eistedd ei arholiadau yntau yn ystod yr haf, haf a fyddai efallai'n gynnes ar y ffenestri ac yn demtasiwn i gyd. Ac yna fe fyddai'n gadael ac yn troi at goleg yn rhywle. Llwyddo fyddai hanes Huw wrth gwrs, dyna oedd disgwyliadau pawb ac fe wyddai hithau hynny hefyd yn ei chalon. Roedd hi wedi cael breuddwyd yn ddiweddar a hynny fwy nag unwaith. Breuddwydio bod Huw wedi methu ei arholiadau i gyd a hynny er mawr syndod i rai, ond arni hi roedd pawb yn troi llygaid a gweld bai. Hi oedd wedi ei ddenu oddi wrth ei lyfrau yn rhy aml, a'i bai hi a neb arall oedd ei fethiant. Breuddwydiodd am weld mam Huw yn ei chornelu ar gongl y stryd yn y dref, yn ei gwthio i ddrws un o'r siopau ac yn sgrechian yn ddigyfaddawd arni a thynnu sylw pawb o gwmpas. Gweiddi yn ddibaid arni nes fod pawb yn ei chlywed a'r casineb ymhob brawddeg.

"Arnat ti ma'r bai yr hen hwran bach. Arnat ti a neb arall. Chdi a dy sgerti bach cwta yn dangos dy goesa i pawb. Ma' pobol wedi'ch gweld chi i lawr yn y traeth 'na, a paid â meiddio gwadu chwaith. Gwaed dy fam ynot ti ma' siŵr a mi fyddai acw 'fory nesa coelia fi. O! bydda. Hwran bach w't ti a fyddai ddim yn brin o ddeud hynny hyd y lle 'ma." Ond dim ond breuddwyd oedd hynny wedi'r cwbl er iddo deimlo fel hunllef yn aml. Breuddwyd hunanol oedd o hefyd yn llawn ffantasi, a hynny er bodloni ei gobeithion o gael cwmni a chariad Huw am flwyddyn arall. Dim ond i'r glaw gyrraedd fe fyddai Huw yn y neuadd heddiw yn drwsgl a braidd yn swil fel nifer o'r hogiau eraill a'r gair 'dawns' yn fygythiad iddynt. Fe fyddai Ifan yno hefyd ac wrth ei fodd.

Heddiw neuadd dawns oedd hi a nodau'r alawon yn taro'r distiau mawr pren uwch ei phen ac yn atsain gylch y cwareli gwydr oedd yn stemio'n araf rhwng y glaw oddi allan a'r gwres oddi fewn. Eisteddai'r hogiau yma ac acw ar y cadeiriau pren caled dan y ffenestri a'r siom o golli cyfle i chwarae pêl-droed yn amlwg ddigon ar sawl gwyneb, ond roedd bodlonrwydd llwyr yng ngwên Ifan. Nid bod yn gas ganddo bêl-droed o bell ffordd, ond doedd dim cymhariaeth rhwng y diddordeb hwnnw a gwefr y ddawns. Roedd gwylio dawnswyr da yn ei blesio bob amser, ond roedd cael dawnsio yn llawer gwell, yn enwedig cael dawns gyda Bethan. Ac roedd hi yno.

Syniad Miss Lewis yr athrawes Ffrangeg oedd y ddawns

ar ganol dydd. 'Ehangu eich gorwelion a'ch profiad,' oedd ei brawddeg fawr, heb sylweddoli nad oedd gorwelion a gobeithion nifer helaeth o'r plant yn ymestyn ymhellach nag aceri bras o dir glas a dilyn tymor ar ôl tymor o gerdded y pridd cynnes oedd rhwng y dref a phen eitha'r penrhyn. Ond ym marn Miss Lewis roedd ei blwyddyn ym Mharis wedi ei argyhoeddi fod angen helaethach na hynny ar fechgyn a genethod Llŷn os oeddynt i lwyddo yn y byd mawr hwnnw oedd yn ymestyn ymhellach o lawer na stesion Afonwen, Sgwâr y Maes a cholegau dinas fach Bangor. Cynnyrch y byd mawr hwnnw oedd Miss Lewis, French.

Tri chwarter awr o bêl-droed oedd yr arferiad i nifer o'r bechgyn ac yn y cae arall draws y lôn byddai'r genethod yn mwynhau eu gemau hoci, ond roedd y glaw wedi llesteirio popeth. Ond nid i bawb chwaith. Fe wyddai Miss Lewis am ambell fachgen a gai lawer mwy o wefr yn sefyll ar ben y clawdd yn gwylio'r genethod yn eu sgerti cwta ar y cae hoci, ac yn ehangu llawer mwy ar eu gorwelion a'u dychymyg na dysgu dawnsio mewn neuadd gynnes, er na chlywodd hi neb yn cyfaddef hynny chwaith. Heddiw roedd hi am roi gwefr a ias wahanol iddynt, am roi rhythmau yn eu traed a phleser mewn symud gosgeiddig, ac wrth i Bethan eistedd gyda'i ffrindiau dan gysgod isel y llwyfan, dechreuodd Miss Lewis ar ei thruth arferol am bwysigrwydd y ddawns a'i effeithiolrwydd fel cyfrwng cymunedol a chymdeithasol.

"Blydi rybish," meddai Ken Bach yng nghlust dde Huw. "Ma' seti cefn y Palladium yn well o lawar iawn ac yn sgafnach o beth cythral ar dy draed di." Welodd hyd yn oed Miss Lewis y wên lydan oedd ar wyneb Huw, ond roedd ei geiriau melfedaidd yn ddawns ynddynt eu hunain.

"Ydi pawb yn cofio'r waltz? Now then, 1, 2, 3, a throi fel top i rhythm yr alaw.

Prin bod nodau 'The Rose of Tralee' wedi dechrau treiddio i gornel y neuadd nad oedd Ifan yn sefyll o flaen Bethan a'i eiddgarwch yn amlwg.

"Ga' i'r ddawns yma Beth, a'r nesa' a'r nesa wedyn?"

"Dwi wedi gaddo."

"I pwy?"

"Dawnsiwch hefo fo Bethan, mae'n anghwrtais gwrthod. Not lady like. A chyn i eiriau a chyngor Miss Lewis orffen roedd Ifan yn cario Bethan yn ei freichiau, yn ei throi a'i throi i eiriau a rhythmau cariadus y gân boblogaidd. Gwenodd Miss Lewis ei bodlonrwydd wrth weld y ddau yn cydsymud mor naturiol, a'i geiriau yn hybu eraill i fentro.

"Un, dau, tri, one, two, three. Dim edrych ar eich traed fechgyn. Look straight ahead, one, two, three."

Bron nad oedd dafnau'r glaw trwm ar y ffenestri yn curo i'r un amseriad pendant. Roedd sawl bachgen a fyddai'n hapusach ar gae nag ar lawr y ddawns yn symud yn ddiglem ac anfodlon yma ac acw a gwrid anghyfforddus ar wyneb sawl geneth hefyd, ond i Bethan roedd dawnsio mor naturiol ag anadlu, ac edmygedd Miss Lewis o hynny'n amlwg ddigon. Teimlodd Bethan chwys ysgafn dan ei cheseiliau wrth i Ifan ei dal yn nes ato a'r cydsymud yn undod perffaith wrth iddi ildio i'r pleser.

"Un, dau, tri, un, dau, tri, da iawn chi.'

"Ddoi di i'r Palladium nos Sadwrn? Ffilm dda. Ddoi di, Beth?"

Edrychodd Ifan i ganol ei llygaid wrth ei throi yn

osgeiddig ar ddiwedd y ddawns. Bron nad oedd Ifan yn pledio arni.

"Dwn i ddim,' yn dawel dawel.

"Tyd Beth." Ond torrodd llais Miss Lewis ar draws gobeithion Ifan.

"Find a new partner boys. All change." Roedd ei geiriau bron â bod yn orchymyn er na wnaeth Ifan ufuddhau iddynt.

"Fedra'i ddim."

"Pam, Beth?"

Tros ysgwydd Ifan y cafodd Bethan gip ar Huw yn eistedd bron yn unig dan y ffenestr bellaf a'r glaw didostur yn peltio'n llwyd ar y gwydr tu ôl iddo. Fe fyddai'n ei gofio felly lawer tro wedyn. Ond doedd Ifan ddim yn bwriadu newid partner er gwaethaf gorchymyn Miss Lewis, a throdd Bethan yn gyflym i gyfeiriad arall, ond nid cyn iddi weld y siom ar wyneb Huw chwaith. Newidiodd y tempo yn sydyn a chyn iddi sylweddoli roedd Ifan a hithau yn symud fel uned i nodau cyflymach a wynebau pawb yn ddim ond cysgodion unffurf yn erbyn y muriau ar ffenestri. Weithiau deuai llais Miss Lewis dros nodau'r alaw a thybiai Bethan iddi weld Huw yn troi ei gefn yn llwyr ar y dawnsio ac yn edrych allan i gyfeiriad y glaw. Ond dim ond tybio am eiliad fer ac yna suddo'n ôl i fodlonrwydd y ddawns yn rhwydd, ac wrth i'r miwsig ddirwyn i ben roedd ei phen ar ysgwydd Ifan a rhai yn curo dwylo mewn edmygedd o'r ddau a gwên foddhaus ar wyneb crwn Miss Lewis. Roedd Ifan yn ei dal yn agos agos fel pe bai yn eiddgar i'r ddawns nesaf ddechrau, ond roedd geiriau Miss Lewis yn fwy na gorchymyn y tro yma.

"Change partners now. Newidiwch rŵan." A hynny heb

fymryn o aros yn ei dwyieithrwydd rhwydd, ac yn sydyn roedd Huw yno, ei ddwylo'n gynnes a llawer mwy o ddawns yn ei galon na fyddai fyth yn ei draed. Symudodd y ddau yn heglog o olwg treiddgar Miss Lewis.

"Mae o'n grêt tydi? Llawer gwell na fi."

Hanner cwestiwn a hanner ffaith, ond eto'n disgwyl ateb ganddi.

"Ifan wyt ti'n feddwl?"

"Pwy arall ond y fo."

"Ydi, mae o yn dda, yn dda iawn am ddawnsio beth bynnag."

Gadawodd Huw i Bethan ei arwain yn araf ofalus o gam i gam, o step i step, heb sylwi o gwbl ar y wên oedd ar ei hwyneb cyn i'r gloch ganu a thorri ar bleser y ddau ac ar bleser Miss Lewis hefyd.

Roedd haul crwn dechrau Medi wedi crimpio peth ar y tir a gadael y gwellt hir yn felyn frau ar y lleiniau bach, a doedd fawr o awydd mynd i'r dref ar Bethan. Fe fyddai mynd lawr i'r traeth wedi ei phlesio'n llawer iawn gwell. Gwynt ysgafn cynnes o'r De a'r môr fel plât glas a chraciau gwynion ar ei ymylon a'r ymwelwyr beiddgar yn hel i droi am adref o'r diwedd. Ond roedd Huw wedi crefu a chrefu arni fynd i'r dref a'i lygaid yn sglein o obaith ac ofn, a phrin gallai hithau ei siomi am mai hwn mae'n debyg fyddai ei Sadwrn olaf cyn troi i chwilio am le i aros a dechrau tymor cyntaf coleg.

"Fydda'i ddim yn hwyr, Mam. Wir, fydda'i ddim."

"Wt ti wedi deud wrth dy dad?"

"Naddo."

"Mi ddyliat."

"Newch chi ddeud? Dim ond am y tro yma."

"Fi fydd raid ddeud 'te."

"Be' ddeudith o tybed?"

"Diawlio gynta', poeni wedyn a gorfod bodloni."

"Poeni am be' mam?"

"Un felly ydio ysti Beth, fedar o ddim peidio."

"Does dim isio fo boeni, ma' Huw…"

"Ydi'n tad, yn hen hogyn iawn. Neb gwell dwi'n gwbod, ond hogan dy dad w't ti 'te, fel pob hogan arall am wn i."

"Hogan chitha' hefyd mam."

"O ia, ond trysor 'i thad ydi bob hogan cofia, ac os cei di ferch rhywdro mi ddysgi di hynny'n fuan iawn coelia'fi."

"Ydach chi'n poeni?"

"Mam dwi 'te. Sgen ti bres pocad?"

Gwthiodd ei mam bumswllt gwyn i'r dwylo cynnes a gwylio Bethan yn rhedeg yn gyflym i wyneb yr haul a'i gwallt yn lluman hir yn yr awel, ac yna troi am y tŷ a'i gwên yn hanner ofn ac yn hanner llawenydd. Unwaith fe fu hithau…

"Dau diced hanner coron plis," meddai Huw a gwthio ei bres yn sydyn a swil o dan y panel gwydr a gwên ddeallus y ferch tu ôl i'r panel yn rasio'r gwrid i'w wyneb. Cymerodd y ddau diced glas yn eiddgar a throi ei lygaid yn frysiog i gyfeiriad arall, ond nid cyn sylwi ar y winc fach sydyn chwaith.

"Hei Huw, cofia gal gwerth dy bres boi," a chrech-wenodd tri o fechgyn o'r pumed dosbarth yn eiddigeddus wrth i Huw a Bethan ddiflannu i gynhesrwydd y Palladium. Roedd y ddau wedi cyrraedd yn rhy gynnar, yn rhy gynnar o lawer erbyn meddwl, a dim ond ychydig o rai eraill oedd yno yn wasgaredig fel broc bach ar ddiwedd Mai, ond fe edrychodd y ddau o'u cwmpas heb adnabod neb. Gafaelodd Huw yn ei llaw mor ysgafn â phluen eira a theimlo ei fysedd main yn cyplysu wrth iddo ei harwain i'r gornel bellaf lle roedd ambell sedd ddwbl gyfleus. Er nad oedd fawr neb o gwmpas fe deimlai Bethan fod pawb oedd yno yn edrych arnynt. Parlwr o le oedd y Palladium, parlwr mawr cysurus a chyfforddus, a'r llenni trwm a thrwchus oedd o flaen y sgrîn fawr yn felfed coch cynnes, fel tân ar aelwyd hapus. Dim ond i'r llenni hynny agor led y pen fe fyddai'r ddau mewn byd arall, byd a fyddai ymhell o athrawon, arholiadau a llyfrau, ond ymhell o'r traeth a'r Garreg Fawr hefyd, ac o ofalon rhieni llawn pryder. Ond am y tro roedd Huw yn agos. Ond dim ond am y tro.

Yn araf fe lanwodd y parlwr mawr a'r sŵn traed ar y carped coch trwchus yn rhoi ffug barchusrwydd i'w dyfod. Prin y gallai neb fynd i oedfa yn y capel bach mor dawel â distaw a hyn, ac fe fyddai'r traed ar y llawr pren yn nodi pob mynd a dod parchus. Casglai ambell deulu yn gryno ddistaw yma ac acw gan geisio cadw eu plant rhag cipdremio ar rai fel Huw a Bethan yn y seddau cefn, ond roedd ganddynt hwythau eu hatgofion am y seddau hynny hefyd, ac fe wyddent yn iawn y byddai ei plant yno cyn bo hir. Dyna oedd pwrpas dod i'r Palladium bob tro, gadael y byd real am ychydig a mwynhau'r ffantasi ar y sgrîn cyn i gariad ddechrau oeri am byth.

Teimlai Bethan fel codi o'i sedd a rhuthro i'r llwyfan bach oedd o flaen y sgrîn wrth iddi glywed y caneuon cyf-arwydd yr hoffai ddawnsio iddynt yn llenwi pob cornel o'r parlwr ac yn atsain gylch y muriau melyn golau ac o gylch y seddau. Rasio i'r llwyfan a dawnsio o flaen pawb oedd yno. Cofiodd am Ifan yn ei dal yn dynn ac agos yn ystod y ddawns honno amser cinio, eu cydsymud yn orchestol a chanmoliaeth hael Miss Lewis French yn eilio'r pleser a gawsant. Fe fyddai Ifan wrth ei fodd bod yno gyda hi, ei draed yn curo'n ysgafn ar y carped a'i fysedd yn symud i'r rhythmau cyntefig oedd yn y miwsig, ac fe wyddai'r geiriau i gyd hefyd. Wnaeth Huw erioed afael ynddi felly, dim ond cydio'n ysgafn a thyner ac mor ofalus â Nain Bethel wrth i honno estyn y llestri bach glas a gwyn oedd ganddi yn y cwpwrdd hanner crwn dan ffenestr y 'stafell ffrynt. Bod yn ofalus am nad oedd rhai tebyg i'w cael yn unman, ac o ollwng a thorri un, fyddai pethau ddim yn gyflawn wedyn. Ond weithiau roedd Bethan wedi dyheu am i Huw ei chofleidio fel pe bai ofn arno i neb arall wneud hynny. Sut byddai Ifan wedi ymateb pe bai o yno ac nid Huw tybed? Llanwyd y parlwr gan eiriau cyfarwydd cân boblogaidd arall.

'Put your shoes on Lucy, don't you know you're in the City.'

Oedd roedd hi'n hoffi'r nodau a rhythmau nwydus y gân, ond yn droednoeth roedd hi wrth ei bodd hefyd. Roedd hynny mor naturiol â gwenu am mai hogan y traeth oedd hi. Y pyllau bach llonydd a chynnes oedd ei chynefin, a llwybrau'r twyni gyda'i gwellt hirwyrdd yn cosi ei choesau oedd ei llwybrau hithau am mai yno roedd Huw wedi sôn am gariad am y tro cyntaf. Ond heno roedd hi yn y dref yn sŵn a naws y ddawns, ac eto fe wyddai bod cariad yn agos iawn ati. Tywyllodd y Palladium yn araf fel machlud Mai ac wrth i'r llenni coch agor yn araf diflannodd nodau'r gân i'w plygiadau a daeth y sgrîn lwyd yn llawn lliw a lluniau. Dim ond un llafn gwyn yn treiddio trwy tywyllwch ac ambell bryfyn a llwch mân yn gaeth yn y llewyrch a sgwrs pawb yn tewi'n llwyr. Yna safodd ceiliog y Pathe News ar ei fyd bach crwn ei hun, a chlochdar ei bwysigrwydd i bawb oedd yno, er bod ei fyd yn dal i droi oddi tano. Daeth y newyddion y bu ei thad yn eu gwrando arnynt ar y 'wireless' fawr frown yn y gegin ganol i lenwi'r sgrîn a geiriau yn troi'n ddarluniau o flaen ei llygaid. Ond roedd ei byd bach hithau'n troi hefyd. Ar y sgrîn o'u blaenau roedd y byd mawr oddi allan wedi dod trwy ddrysau'r Palladium, wedi dod i ganol Pen Llŷn, ac i'r byd mawr hwnnw y byddai Huw a hithau hefyd yn troi rhywdro.

Bron heb ymwybod iddi teimlodd law Huw mor ysgafn â glöyn ar betalau yn betrusgar ar ei hysgwydd, ac yna ymhen ychydig yn ei thynnu yn nes ato cyn i'w law arall gydio'n gadarn yn ei llaw hithau. Suddodd hithau ychydig yn is yn ei sedd gyfforddus fel mai prin y gallai weld y sgrîn fawr rhwng ysgwyddau y rhai eisteddai o'u blaen, a rhedodd y llaw gynnes yn araf a thyner drwy ei gwallt hir ar draws ei gwegil main cyn cyffwrdd yn ei chlust. Roedd y cyffwrdd hwnnw'n drydan drwyddi ac er iddi deimlo swildod fe wyddai y byddai'r munudau yma yn aros gyda hi am oes gyfan. Dyheai am lapio'i breichiau am Huw a chafodd ei dal rhwng dau feddwl pan ddaeth ei gusan yn dyner ar ei grudd a throdd hithau wefus ar wefus yn eiddgar. Cododd braidd yn sydyn yn ei sedd heb i Huw ei disgwyl ac am un eiliad nwydus roedd ei law ar ei bron a'r gwrid yn fflamgoch ar ei gruddiau cyn iddo symud ei law yn ôl at ei hysgwydd. Un gusan hir a'r dwylo'n plethu'n gadwyn o gariad cyn i'r ceiliog ganu eto ar ddiwedd y newyddion.

Bradychu, dyna oedd caniad y ceiliog yn ei olygu. Un o'r disgyblion wedi bradychu Iesu Grist cyn i'r ceiliog ganu deirgwaith a'r athrawes Ysgol Sul wedi gofyn i Bethan ynghanol yr holl ferched yn y dosbarth.

"Beth ydi ystyr bradychu, Bethan?"

"Dwi ddim yn siŵr iawn. Gadael rhywun i lawr ella, dwi'n meddwl."

"Yn union, Bethan. Siomi rhywun agos atoch chi."

Oedd hi wedi bradychu heno wrth hel meddyliau a charu Huw? Ac os oedd hi, bradychu pwy tybed? Bradychu ei thad? Tad oedd yn meddwl y byd ohoni, ac yn ei haddoli. Cannwyll ei lygaid, dyna oedd ei mam wedi ei ddweud ynte, cyn iddi adael am y dref. Bradychu mam hefyd? Bradychu'r gofal, y gofal a'r cariad a gafodd ers yn ddim o beth. Dyna beth oedd cydwybod efallai. Sylweddoli, ond eto roedd cariad i fod yn bleser, onid oedd? Faint oedd hi am ei ddweud am heno wrth ei rhieni? Edrych yn eu llygaid a dweud popeth, y gwir cyfan? Dweud fel y teimlai ym mreichiau Huw yn enwedig pan oedd ei law ar ei bron. Fe fyddai'n anodd edrych yn llygaid y ddau heno, ond efallai nad oedd angen dweud dim am eu bod hwythau, mae'n siŵr, wedi cael yr un profiad rhywdro er na wnaeth neb sôn am y fath beth. Pwy oedd i fod i sôn beth bynnag? Fe wyddai i sicrwydd nad oedd hi wedi bwriadu bradychu neb, ac yn sicr wnaeth hi ddim bradychu ei hun. Rhoddodd ei phen yn ôl ar ysgwydd Huw, ond prin gallai ddilyn rhediad y ffilm a'r stori.

Wrth i'r ddau gyrraedd y groesffordd a golau'r bws yn diflannu'n goch gylch y gornel roedd blas y cusanau a gwefr y cyffwrdd yn dal yn gyffro ynddi, a chydiodd yn llaw Huw a'i hyder yn fflam.

"Mi cerdda'i di adra Beth."

"Mi fyddai'n iawn ysti, neu mi fydda' ni'n dau yn hwyr."

"Ydi dy dad yn gwbod lle rwyt ti?"

"Ma' mam beth bynnag."

"Fydd hi wedi dweud?"

"Bydd. Dyna pam dwi ddim am loetran heno."

"Dim ond at yr afon 'ta, fyddi di ddim yn bell wedyn na fyddi."

"Tyd 'ta."

Ddyddiau wedyn roedd y ddau wedi dychwelyd at yr afon ac yn eistedd ar ei glan law yn llaw, a chawod drom y bore wedi llwydo'r dŵr er bod llwynog o haul yn wincian yn slei bach rhwng y brigau.

"Wt ti'n addo?"

"Yn addo. Am byth."

"A phan ddoi di adra weithia' fyddi di...

"Yn be' Beth?"

"Yn falch o 'ngweld i ac isio...bob dim arall?"

Roedd ei lygaid yn ei haddoli, a thynnodd hithau ef yn agos yn araf.

"Wyddost ti be' fydda'r pererinion yn 'i neud ar y ffordd i Enlli erstalwm Huw?"

"Dwyn fala," a'i chusanu'n hir ar ganol ei chwerthiniad. Hiwmor fel yna oedd ganddo bob tro pan yn ei chwmni, fel petai'n gallu ymlacio'n llwyr dim ond am ei bod hi yno.

"Sefyll yn droednoeth yn yr afon wrth dynnu llw."

"Pwy ddeudodd hynny wrthat ti?"

"Wilias History. Ar fy llw."

Gafaelodd yn ei law eto a cherdded yn araf at ymyl yr afon cyn eistedd ar hen foncyn blêr wrth y llifbridd a thynnu ei hesgidiau.

"Be' ti'n neud Beth?"

"Tynnu fy sgidia' a thyngu llw."

"Be, wyt ti'n mynd i Enlli?" Roedd ei wên yn lletach na'r afon."

"Oes 'na neb o gwmpas nagoes?"

"Wela'i neb."

Safodd Bethan yng nghanol bwrlwm llwyd y dŵr a'r ewyn yn wyn gwyllt gylch ei fferau. Mentrodd lathen neu ddwy ymhellach i ganol yr afon a chodi ychydig ar ei dillad nes bod ei chluniau siapus yn sglein yn y golau rhwng y coed.

"Goeli di rŵan Huw?"

Syllodd yn hir arni am na allai beidio. Syllu a dweud dim.

"Felna byddai'n dy gofio di am byth Beth."

"Ia, gobeithio."

Tynnodd yntau ei esgidiau yn eiddgar frysiog a lluchio ei sanau yn bentwr blêr dan y boncyff cyn cerdded i ganol yr afon ati a'i chusanu'n hir. Yna cododd hi'n araf a'i chario yn ôl at y boncyff bach a blas ei gwefus yn fêl, cyn dechrau sychu ei thraed yn araf gyda'i hances wen, a'u rhwbio'n gynnes rhwng ei ddwylo. Roedd llyfnder gwyn ei choesau yn demtasiwn i gyd a ias hen chwantau yn llifo drwyddo. Mentrodd ymhellach cyn teimlo ei llaw yn dynn a phendant am ei law yntau.

"Ddim rŵan Huw, ddim rŵan. Rhywdro eto."

Cerddodd Bethan i ganol y dŵr oer a ias hen ddyddiau a'u breuddwydion yn corddi ynddi.

Pennod 2

Caeodd y Doctor Huw Lloyd ddrws ei swyddfa eang mor ofalus â chau caead arch a cherdded allan i'r coridor hir golau yn fwriadol araf gan wybod yn iawn y byddai popeth yn barod ar ei gyfer. Roedd cleddyfau main o haul yn treiddio trwy'r ffenestri culion ar draws y coridor a phatrwm o fudreddi dinas ar y gwydr dwbl bob ochr iddo. Cydiai pryf copyn yn fythol obeithiol mewn un gornel a'i we yn dwyllodrus ddeniadol yn y golau.

Roedd cychwyn ar daith a phrosiect newydd bob amser yn her na wnaeth erioed ei adael a'r trefnu ymlaen llaw yn hanfodol ar gyfer llwyddiant, ac felly roedd pethau y tro yma hefyd gyda'r offer anghenrheidiol eisoes ar eu ffordd, a'r holl fanylion yn drefnus a thaclus mewn ffeil ledr drwchus.

Fu erioed angen iddo boeni am fanylion y daith i ble bynnag y byddai honno. Problem rhywun arall oedd poeni amdanynt a fyddai heddiw ddim gwahanol. Dim ond y daith ei hun oedd yn wahanol y tro yma.

Sawl gwaith yn ystod yr holl flynyddoedd y bu yma roedd o wedi gadael ei swyddfa foethus ar ddechrau teithiau i leoedd digon anghysbell weithiau a hynny heb feddwl am ddim ond darfod y gwaith yn gymen a dychwelyd mor fuan a phosibl. Dyna fu ei fwriad bob tro bron. Roedd wedi dibynnu ar eraill i roi'r cefndir iddo'n aml, y sefyllfa

economaidd, agweddau politicaidd, problemau amgylch-
eddol a thrafnidiaeth, ond y tro yma roedd y cefndir ac
yntau yn rhan annatod o'i gilydd. Weithiau roedd sawl un
wedi bod yn eithaf eiddigeddus o'i deithio aml ar draws
byd, ac wedi dweud hynny heb flewyn ar dafod yn ei
wyneb, ac fe wyddai am ambell air a ddywedwyd yn ei
gefn hefyd, ond ychydig a wyddent am flinder a phwysau
teithiau hir a phell. Roedd teithiau felly wedi costio'n
ddrud, yn llawer drutach na fyddai'n fodlon cyfaddef
weithiau. Ond prin fod neb wedi sôn llawer am y daith
yma, a doedd gan neb arall fawr o awydd mynd arni mae'n
debyg, ac er bod yna gonglau pellennig o'r byd yn eitha'
cyfarwydd iddo erbyn hyn, fe wyddai yn ei galon nad peth
hawdd fyddai dygymod os gallai ddygymod o gwbl. Fu
dygymod â syched didostur yn y Swdan ddim yn brofiad
hawdd, na dygymod â'r dyddiau hir a phoeth heb sôn am
y nosweithiau pan ddeuai'r oerni yn syfrdan o sydyn.
Cofiai am Bolifia, yr awyr denau, y milwyr ifanc wyneb
galed, y tlodi affwysol, aroglau sur y stryd ar ganol pnawn
a'r biswail yn afon, a chrocbris y botel Coke. Cofio am y
butain bymtheg oed yn cynnig ei hun iddo am bris llawer
llai na'r botel honno. Mynd a dim ond dechrau adnabod fu
hanes bob taith bron, ond o gysidro ei oed a'r sefyllfa
economaidd, hon mae'n bosibl fyddai ei daith olaf un ar ran
y cwmni a dim ond desg a swyddfa fyddai'n ei aros wedyn
hyd ei ymddeoliad. Fe wyddai hefyd pa fath o dirwedd a
thywydd oedd yn ei aros y tro yma a fyddai adnabod ddim
yn anodd. Roedd Huw Lloyd yn mynd adref, ac roedd arno
ofn.

Un gnoc bendant ar ddrws y swyddfa fawr ym mhen
pella'r coridor ac yna ei agor heb i neb ei gymell. Eisteddai

Jackie tu ôl i'w desg daclus yn y gornel bellaf yn goesau i gyd a'i chefn at y ffenestr lydan. Treiddiai aroglau heintus ei phersawr drud ato ar draws yr ystafell, a'i bysedd yn ddawns gyflym ar y prosesydd geiriau o'i blaen. Gwenodd yn fecanyddol arno fel y gwnai ar bawb, symud cydun bach o'i gwallt golau oddi ar ei thalcen ac estyn y ffeil iddo.

"There you are Hughie, all in order. Have a nice trip and don't forget the kiss and the gift, will you."

Llais fel mêl grug ar lwy gynnes a tharodd yntau gusan ysgafn ddi-ystyr ar ei grudd cyn taro'r ffeil dan ei gesail a cherdded allan i ruthr heintus y ddinas.

Gadael y ddinas i ddychwelyd oedd o wedi ei wneud bob tro. Dod yn ôl ati fel at hen gariad wedi profi sawl lle arall. Weithiau fe fyddai'n falch o adael, gadael y budreddi a'i strydoedd cefn peryglus, a gadael goleuadau llachar ei nosweithiau lle roedd y goleuadau neon fel colur ar wyneb hen butain rad. Ond gadael ei chwmnïaeth hefyd a dechrau dyheu amdano wedyn. Gadael bistro bach glanwaith Bonito lle roedd y coffi a'r gacen geirios orau yn y byd, a'r lliain ar y bwrdd bach crwn yn wyn fel wyneb lleian. Yn y gornel bellaf honno roedd o wedi treulio aml awr o'i unigrwydd heb neb na dim i dorri ar ei feddyliau ond cwrteisi boneddigaidd Bonito a thician pendant yr hen gloc. Ond heddiw doedd dim amser i ddechrau loetran.

Bwrn oedd teithio ar awyren erbyn hyn, heb sôn am strydoedd prysur, ac eto neithiwr roedd peth o'r hen gyffro cynnar wedi treiddio trwy dawelwch ei ystafell, ac yntau wedi bod yn troi a throsi yn y gymysgfa o gyffro ac ofn wrth iddo hel meddyliau am y daith oedd yn ei wynebu. Nid ofn pobl oedd yr ofn, dim ond ofn y sefyllfa. Pa ffawd ryfedd fu'n penderfynu mai yn y modd yma y byddai ei yrfa wyddonol yn dirwyn i ben? Anturiaethau oedd y teithiau cynnar ar ran cwmni enfawr 'Premier Gas and Oil' wedi bod, anturiaethau oedd yn rhoi ias a chyfaredd i leoedd na fuont cyn hynny yn ddim ond enwau ar fap neu yn ddarlun ar dudalen. Roedd cael bod yno yn wefr, ond her o fath arall oedd yn ei wynebu ar y daith olaf yma, a her fyddai'n anodd ei hwynebu. Ond eto digon prin y byddai neb yn ei gofio, mae'n siŵr, gan i gymaint o'i gyfoedion ysgol adael yr hen gynefin a throi cefn, a doedd neb o'r llinach yno bellach. Neb o waed agos beth bynnag.

'Yr ŷd sydd yno heddiw yw'r ŷd oedd yno ddoe.'

Dyna oedd y bardd o Lanrwst wedi ei ddweud yn rhywle, ond pobl felly oedd beirdd ar y cyfan yn gallu gwthio eu rhamant rhwng ffeithiau moel hanes a gwneud iddo swnio fel y gwirionedd, gweld tad mewn mab a mam mewn merch heb wybod dim am deulu a pherthyn. Ond roedd gan feirdd yr hawl i'w celwyddau mae'n siŵr. Doedd ei deulu yntau ddim wedi bod yn fawr o deulu chwaith erbyn iddo feddwl amdanynt, a hen ewyllys wedi gadael creithiau fu'n amhosibl eu cau yn iawn, er i ambell gerdyn Nadolig wneud ymdrech ambell dro a cheisio llenwi'r blynyddoedd llac. Ambell dro byddai'n falch iddo yntau adael fel sawl un arall.

Dwywaith yn unig roedd o wedi bod yn ôl yn ystod yr holl flynyddoedd. Unwaith yn angladd ei dad pan oedd mis Chwefror yn farrug yn y boreau a niwl gyda'r nos fel drychiolaeth ar lethrau'r Garn. Dyrnaid digyswllt o deulu bach yng ngwaelod tamp y fynwent yn dim ond hanner adnabod ei gilydd a'r cyfarchion cyn oered â'r tywydd a'r tir. Roedd o wedi colli ei fam yn ystod misoedd olaf ei ddyddiau coleg, a hiraeth nid henaint fu gwaeledd olaf ei dad hefyd, heb sôn am y camgymeriad dybryd o adael Llŷn.

"Biti ar y diawl dy fod ti wedi mynd i'r Mericia 'na Huw, na fasat ti wedi aros yn nes adra yn lle mynd mor gythreulig o bell. Mi fasa dy dad wedi cal marw adra wedyn yn lle mynd at grabaits o deulu yn y Sowth 'na."

Fu ei fodryb Elin erioed yn brin o gynnig cyngor i bawb nac o daro hoelen ar ei phen chwaith, ond fu hi erioed yn brin o wthio deg swllt slei i law a phoced Huw chwaith pan oedd ei dad a'i fam yn llibinio byw, a gwaeledd ysig ei fam yn amlwg i bawb ond iddi hi.

Camgymeriad mawr oedd mynd i'r Eisteddfod Genedlaethol hefyd, mymryn o hiraeth gwirion diangen ar ôl i Connie ac yntau wahanu, a'r graith yn gwrthod cau fis ar ôl mis. Meddwl y buasai wythnos yn y fan honno yn help i anghofio rhai pethau ac i wynebu ambell beth nad oedd anghofio i fod arnynt. Ond y cyfan a wnaeth yr wythnos honno oedd gwneud iddo sylweddoli mor anodd fyddai ailgydio.

Crwydro'n ddibwrpas o gylch y maes ar ei ben ei hun fel adyn, yn hanner gobeithio gweld gwyneb cyfarwydd ei ddoe, ond er iddo weld ambell un, prin a digon llugoer fu'r ysgwyd llaw rhywsut. Hanner adnabod, cyfarch a chilio cyn gadael. Prynu llyfr neu ddau, prynu er mwyn prynu a dim arall, ac erbyn hyn roedd sawl un yn casglu llwch mewn corneli heb iddo erioed eu hagor heb sôn am eu darllen na chael awydd i wneud hynny. Darllen ambell un arall yn ystod ei deithiau a'r darllen hwnnw'n llwyddo i wneud dim ond eilio hen hiraeth a chronni atgof ar ôl atgof.

Doedd ei wyneb yntau mae'n debyg yn gyfarwydd i fawr neb bellach, a doedd Huw Lloyd yn rhan o orffennol bron neb ond Connie, ac mae'n siŵr mai ceisio ei anghofio oedd ei bwriad hithau. Ac roedd hynny'n brifo. Ond Eisteddfod y De oedd hi wedi'r cyfan a doedd dim disgwyl iddo weld llawer o'i ddoe yno. Dyna oedd ei esgus beth bynnag.

Rhan o'r gost am yr holl drafaelio aml a diddiwedd a'r cyfnodau hirfaith unig fu colli Connie ac roedd Huw yn dal i dalu. 'Pellter wedi'n rhwygo' oedd hi wedi ei ddweud, ymysg pethau eraill, ond fe wyddai'r ddau mai dim ond rhan o'u problemau oedd hynny hefyd, er mai'r geiriau yna oedd yn mynnu dod i gof Huw bob tro y byddai'n wynebu taith arall. Fu yna fawr o ddagrau chwaith yn y diwedd, dim rhai amlwg iawn beth bynnag, dim ond dau yn sylweddoli bod cariad yn gallu gwywo weithiau am sawl rheswm a gadael dim ar ôl ond atgofion fel hen alaw gyfarwydd yn dod weithiau ar foment dawel. Alaw leddf oedd hi wedi bod yn rhy aml mae'n debyg, alaw heb fawr o eiriau i gyd fynd â hi am nad oedd ganddynt lawer i'w ddweud, a phan oedd ganddynt roedd y geiriau'n hen ac wedi eu dweud ganwaith o'r blaen.

Weithiau roedd yn gas ganddo y cychwyn ar daith newydd, ond roedd dychwelyd yn ddiflastod bron bob tro. Ystafell wag a blinder taith, yr aroglau 'neb yno' yn ei ffroenau, y llwch llwyd ar bob silff a'r amlenni heb eu hagor yn dwmpath diystyr ar y carped wrth y drws. Rhyfedd fel roedd gan unigrwydd ei aroglau ei hun.

Roedd yr awyren yn glyd a chynnes fel pob awyren y bu ynddi erioed bron, a wynebau croesawgar y merched gosgeiddig wrth y drysau mor ddeniadol a lliwgar â doliau o'r un ffatri. Cymerodd Huw ei sedd wrth y ffenestr fach hirgron a gadael i'r cynhesrwydd a'r croeso lapio amdano cyn codi'r cylchgrawn lliwgar oedd yn y boced gul o'i flaen.

Geiriau o groeso oedd geiriau hwnnw hefyd, croeso i'r daith, croeso i holl fanteision trafaelio gyda'r cwmni, addewid am y gofal gorau gan bawb a chofiwch drafaelio gyda ni eto'n fuan.Yn enwedig hynny. Fe gododd hynny wên fach sydyn. Roedd hyd yn oed y lluniau yn llawn croeso. Run geiriau, run croeso, run perswâd mecanyddol, a gwthiodd Huw y cylchgrawn yn ôl i'r boced fach gan feddwl wrtho'i hun y byddai angen geiriau gwahanol iawn arno ar gyfer y daith yma.

Llifodd y geiriau cyfarwydd dros yr uchelseinyddion fel adnodau o'i blentyndod, y cyfan yn atgoffa'r teithwyr ymhle 'roedd popeth a beth fyddai'n digwydd pe bai argyfwng yn codi, a sylwodd yntau ar ambell wên fach nerfus ar wynebau rhai oedd yn profi hedfan am y tro cyntaf efallai. Camodd dwy o'r doliau ymlaen i ganol yr awyren i ddangos i bawb sut i ddefnyddio'r offer achub bywyd pe bai angen, a throdd pob gwên yn bryder bach ofnus. I Huw, cytgan y cyfarwydd oedd y cyfan erbyn hyn, a bron na allai gydadrodd y cyfan gyda'r doliau. Felly roedd o wedi dysgu ei bader hefyd erbyn meddwl, gwrando ar eraill yn ei dweud yn aml ac roedd yn dal i'w chofio hefyd pan fyddai angen. Fe fyddai ei hangen arno ar y daith yma mae'n siŵr, ond nid rŵan chwaith. Sylwodd ar rai yn cydio ymhob gair fel pe bai'n efengyl, ond er y tensiwn cynyddol dalient i ddotio at y moethusrwydd cyfyng o'u cwmpas a'r glanweithdra. Meddyliodd mor eironig fyddai i ddamwain ddigwydd ar y daith olaf yma o bob taith, ac wrth i'r awyren godi'n bwerus i'r awyr lwydlas uwchben y ddinas gadawodd i arferiad drechu hen syniadau felly.

Estynnodd Huw am y bag lledr du tenau oedd ganddo

wrth law a rhoi'r gliniadur o'i flaen mor ofalus â gosod llestr ar silff cyn pwyso'r botwm bach ac aros i'r golau gwyrdd ysgafn ledu ar draws y sgrîn. Pwyso eto, botwm arall, a daeth amlinell Penrhyn Llŷn a'r holl enwau cyfarwydd a phatrwm ei hen gynefin i lenwi pob cornel. Roedd yna gyswllt ymhob ynganiad wrth iddo redeg ei fys yma ac acw ar draws y sgrîn. Ond roedd enwau cyfarwydd ei heddiw yno hefyd gan mai'r map yma fu ei faes llafur ers rhai misoedd bellach, a'r croesau bach coch oedd yma ac acw arno yn adleisio'r oriau pengrwm a dreuliodd uwch eu pen, a phob enw a chroes yn dod â'u hatgofion eu hunain am oriau'r gorffennol. Clywai furmur Afon Soch wrth iddo symud ei bensil electronig ar hyd amlinell ei gwely. Cofiodd am y cylchoedd bach crwn ar wyneb y dŵr ger y trobwll wrth i'r brithyll brown droi a throsi wedi ambell gawod Ebrill a'r Garn Fawr a'r Garn Bach yn lasbiws yn y machlud wrth iddo gerdded adref. Roedd y cyfan yno – Porth Iago, Mynydd y Rhiw, Porth Neigwl, Porth Colmon a'r ffyrdd bach cul fel llinynnau yn parselu'r ardal gyfan o'i flaen.

Prin iawn iawn oedd gwybodaeth ei gydweithwyr yn Premier am Gymru, dim ond fel talaith o Loegr efallai, ond roedd yr enwau yn syndod iddynt yn enwedig wrth glywed Huw yn ei ynganu'n rhwydd. Ond fe ddaethant hwythau i ddechrau deall yn araf yn enwedig wrth chwilio i gefndir y prosiect. Wrth eistedd yn ei gornel fechan a chyfandir eang yr Amerig yn mynd yn llai a llai ac ymhellach oddi wrtho, rhedodd Huw ei bensel ar hyd arfordir Llŷn, a doedd dim angen cyfrifiadur o gwbl i gofio'r enwau. Porth Ceiriad, Traeth y Wern, heb sôn am Enlli. Ond cyn bo hir fe fyddai pawb yn gwybod am Enlli neu o leiaf am Bardsey gan fod y 'rig' mor agos ati ers peth amser bellach. Fe fyddai enw 'Premier' yn dod yn gyfarwydd ac ar dafod gwlad cyn bo hir hefyd, heb sôn am ei enw yntau. 'Don't mention oil for God's sake Hughie, not just yet anyway. Gas maybe but not oil Hughie. Not now.'

Enlli ar bnawn swrth o Awst, y Swnt yn llechwraidd o dawel a'r hen dawch tragwyddol hwnnw o gwmpas yr ynys fel gweddillion gweddïau rhwng distiau ambell eglwys.

Nabod Enlli oedd adnabod y tawch, sylwi fawr arno, ond gwybod ei fod yno ar ddiwedd haf a dechrau Medi. Enlli a'r mecryll yn bachu heb fawr o ymdrech ar ran neb, a'r gwylanod yn canlyn y cwch mor araf ag angladd a chyn wyned â phriodas. Dic Bach yn longwr o'i gorun coch at fawd ei droed, yn hapusach ar gwch nag mewn cadair ar dir sych, a greddf tad, taid a hen deidiau yn fwrlwm o heli yn ei waed, a Huw Lloyd a freuddwydiodd unwaith am fod yn forwr ond yn fyfyriwr yn Llundain yn glanio'n araf yn Y Cafn a'r brechdanau cig moch a chaws, y tafellau bara brith, heb sôn am botel neu ddwy o gwrw bach yn wledd na fu ei gwell erioed na'i hapusach chwaith. Wyddai Modryb Elin ddim oll am y poteli, dim ond gwybod faint yn union o fenyn hallt i'w roi ar dafell gynnes o fara gwyn a bara brith.

Enlli yn hudolus dan y machlud wedyn, y clwstwr sêr yn wincio ymhell uwchben Uwchmynydd, a'r ddau yn dweud dim, dim ond gwrando'r graean yn crafu wrth lanio, a'r lliwiau'n pylu'n araf.

'You will investigate the possibility of an oil installation there Hughie. You know the area, you know the people, even their different language, but you must in no way allow

39

that to deviate you from the importance of this project. It's money Hughie, big money and your loyalty is to us here, no one else however well you know them Hughie. Have a good trip.'

Roedd y glaw mân yn rhedeg fel dagrau ar ffenestri'r awyren wrth i Huw ddychwelyd o'i atgofion a manylion ei daith, a chymylau duon yn dechrau crynhoi o'i chwmpas.

Cymerodd Bethan gip sydyn ar ei horiawr wrth iddi gyrraedd pen pella'r traeth a chael mymryn o siom wrth iddi sylweddoli nad oedd hi wedi llwyddo i redeg mor gyflym y tro yma. Ar wynt y môr roedd yr holl fai, mae'n siŵr, hwnnw wedi arafu rhywfaint arni efallai. Hynny neu'r dafell o fara ychwanegol a gafodd ddoe a'r mymryn lleiaf o fêl grug arno. Damia blys a themtasiwn. Blys oedd wedi gwneud iddi arafu, eisiau rhywbeth na ddyliai ei gael, a pheth i'w goncro oedd blys yn ôl arweinydd y Clwb Cadw'n Heini. Roedd yn rhaid talu am ildio i flys a themtasiwn.

"Arglwydd, un frechdan dena' ydi hi, a neith un ddim gwahaniath i ti."

Dyna fu geiriau Ifan wrth iddo daenu'n helaeth ar ei dafell yntau, ond digon prin oedd diddordeb Ifan mewn ffitrwydd corff bellach, a phrin a digon anaml oedd ei ddiddordeb yn ei chorff hithau er gwaethaf ei holl ymdrechion i gadw'n iach a heini. Peth hawdd i rai oedd bodloni ar fara brith a mêl. Wnaeth hi erioed ollwng ei hun fel llawer o'r rhai tua'r un oed â hi, a doedd ganddi ddim bwriad i hynny ddigwydd yn y dyfodol chwaith. Fe fu'r dosbarthiadau ar nos Iau yn y neuadd bentref yn gymorth mawr iddi, ond ei phenderfyniad hi oedd wedi bod yn fwy o help na dim byd arall ac roedd brasgamu'n gyflym i lawr y llwybr bach ac yna rhedeg yn gyflym i ben pella'r traeth wedi dod yn ddefod foreol iddi, bron fel dweud ei phader ers talwm. Heddiw roedd blys wedi ei choncro ac roedd hi dros hanner munud yn hwyrach yn cyrraedd y Garreg Fawr. A wnâi hynny mo'r tro i Bethan.

Wrth iddi ddechrau troi'n ôl o gylch yr hen garreg a dychwelyd am adref roedd y gwynt o'r môr yn dechrau tawelu a haul gwantan yn felynwyn arno ac esgyrn môr o donnau llipa yn llepian ar y cerrig mân. Ceffylau mawr gwyn o donnau yn powlio a lluchio broc i'r traeth cyn hisian at ei thraed yr oedd hi yn ei hoffi. Ewyn gwyn brau yn pigo ei gwyneb wrth iddi redeg ac yn her i gyd. Pan fyddai'r môr felly fe fyddai wrth ei bodd ac yn rhoi llawer mwy o ymdrech yn y rhedeg, yn gwthio'i hun i'r eithaf bron bob tro. Bryd hynny byddai'r gwrid yn gynnes ar ei gruddiau ac awch bywyd yn ei llenwi.

Daeth y ddwy awyren yn isel, isel tros Ynys Gwylanod a'u sŵn yn danchwa dros y creigiau cyfagos a chlegar y gwylanod yn boddi yn yr awel.

"Y diawliaid," meddai dan ei gwynt a'i dwylo'n troi yn ddyrnau gwyn heb iddi sylweddoli. Roedd hi wedi hen arfer â'r awyrennau o'r Fali'n torri ar heddwch ambell ddiwrnod a'r un fyddai ei hymateb dro ar ôl tro. Arfer efallai, ond nid dygymod chwaith. Wnaeth hi erioed ddygymod â chwarae rhyfel rhywsut, yn enwedig yn ei chynefin ei hunan. Agorodd ddwrn a chodi dau fys yn herfeiddiol arnynt wrth i'r ddwy adael llinellau gwyn golau ar y gorwel, ac yna chwerthin am ben ei phrotest fach dila wrth ddal i redeg yn ôl i gyfeiriad y llwybr bach oedd yn arwain o'r traeth, a chael cip fel y gwnâi bron bob bore draw i gyfeiriad Enlli ac ar hyd yr arfordir llwydlas. Byddai'n blasu'r olygfa yma'n ddyddiol, ei blasu fel golygfa arbennig ac fe roddai hynny hwb a nerth iddi i wynebu pob diwrnod yn ei dro. Bron na allai addoli yma. Efallai y byddai addoli yma yn llawer haws na phlygu glin a phen yn draddodiadol grefyddol mewn ambell oedfa ddifflach, er na fyddai'n fodlon cyfaddef hynny wrth neb ond hi ei hun.

Edrychai'r rig yn llawer nes na'r arfer a'i choesau'n llwyd a diraen braidd yn nhawelwch y môr, ond o dan y tawelwch fe wyddai Bethan bod y bygythiad mwyaf erioed i'w chynefin gwâr, ac roedd penderfyniadau pellgyrhaeddol iawn yn wynebu'r cynefin hwnnw yn ystod y misoedd i ddod. Os byddai'r cwmni mawr 'na o'r Merica yn penderfynu datblygu'r cynllun o gael glanfa ar gyfer nwy o gwmpas y traeth yma neu un o'r traethau cyfagos, yna beth wedyn? Beth am yr iaith, y diwylliant, y bywyd gwyllt, y bobl a'r plant? Fe fyddai'r dadleuon yn hollti'r gymuned, ond fe fyddai'n plesio rhai hefyd. Roedd yr hen sibrydion eisoes ar gerdded, ac fe fyddai rhai yn fodlon iawn eu taenu hefyd. Rhai oedd yn agos iawn ati.

Daeth y ddwy awyren yn ôl yn gyflymach ac yn is o lawer y tro yma fel pe baent yn mynnu rhoi haen arall o ofid ar ei phryderon, a throdd Bethan ei chefn ar y traeth bach a throi am adref.

"Sawl munud heddiw 'ta?"

"Gormod o lawer," a'i siom yn ddigon amlwg.

"Henaint ni ddaw ei hunan a petha felly, ia Mam?" a'r direidi edmygus yn amlwg yn llygaid Dylan.

"Tria di 'i neud o'n gynt y cythral bach. Mi fasa'n gneud lles i ti."

"Dwi'n gwbod, ond 'di pawb ddim yn cadw'n ffit yr un fath."

"A sut w't ti'n cadw'n ffit?"

"Dydw'i ddim bellach."

"Cofia di ma 'na rai sy' ddim yn ffit o gwbl."

"Pwy?"

"Ti'n gwbod yn iawn."

"Nhad?"

"Chdi ddeudodd, nid fi."

"Dyna pwy oeddach chi'n feddwl 'te."

"Mi fasa'n medru edrych ar ôl 'i hun yn well."

"Fatha finna'. Gyda llaw cyn i mi anghofio 'te mi fydd yn hwyr arno fo adra heno, saith ne' fwy medda fo."

"Reit, mi gymra'i gawod 'ta."

"Panad a tôst wedyn?"

"Os wt ti'n cynnig. Diolch."

Llygaid ei fam oedd ganddo fo. Calon ei fam hefyd ac roedd hynny'n plesio'n well na dim. Dyna oedd pawb wedi ei ddweud ers pan oedd o'n ddim o beth. Llanwodd Dylan y tegell ac estyn y potyn o fêl grug o'r cwpwrdd canol cyn torri dwy dafell o'r bara brown golau. Roedd ei fam wedi gwirioni ar fêl, yn enwedig mêl grug a hwnnw wedi sefyll am gyfnod cyn ei agor, ac fe fyddai llyfiad tenau fel aden gwybedyn ohonno ar y tôst yn siŵr o'i phlesio. Fe fyddai gwneud amser i gymryd paned gyda hi'n plesio hefyd, yn plesio mwy na'r mêl efallai yn enwedig o gofio ei geiriau ar ôl iddi ddod yn ôl o'r traeth yn siomedig. Yn ddiweddar roedd o wedi sylwi ar y llinellau glasddu dan ei llygaid ar brydiau, er na ddywedodd o ddim wrthi, a ddywedodd hithau'r un gair wrtho yntau nac wrth Ifan am a wyddai. Ond roedd y pryder yno yn rhywle. Dylan oedd wedi sylwi ac wedi meddwl sôn wrthi sawl tro, ond heddiw fe gâi gyfle gyda neb yno ond nhw ei dau.

Daeth Bethan yn ôl i'r gegin, blows wen fel eira Mawrth a sgert las heb fod yn rhy laes gyda smotiau gwyn arni, ac esgus o golur ar ei hwyneb fel pe bai arni ofn i neb sylwi arno. Roedd ei gwallt wedi dechrau britho fymryn yma ac acw, ond fyddai heneiddio byth yn ormod o bryder iddi chwaith, ac roedd ganddi amgenach brwydau na brwydrau natur. Chwibanodd Dylan ei edmygedd cysurlawn yn isel a thywallt y baned iddi, cyn estyn ei gwpan yntau.

"Pisin."

"Diolch am dy glwydda' di."

"Te, tost a mêl grug – dim gormod. Iawn?"

"I'r dim. Dwi'n lwcus dydw?"

"Felltigedig."

"Mi ydw'i ysti."

Tawelwch ystyrlon am eiliad neu ddau cyn i danchwa awyren arall dorri arno.

"Glywaist ti nhw gynna, ma' siŵr?"

"Prin baswn i'n methu, 'te."

"Felna ma' nhw bob dydd ers dyddia, a mi fydd plant yr ysgol 'cw'n rhoi bysedd yn 'i clustia mewn ofn."

"Hogia Bethesda'n deud run fath yn y coleg. Diawl o sŵn i lawr y dyffryn."

Roedd y cydweld yn cydio, a'r ddau ar yr un donfedd fel erioed, bron. Prin y teimlai Bethan yr awydd am gwmnïaeth merched, a'r cyfnodau hynny fyddai'n meithrin hiraeth am y plentyn a gollodd wedi saith mis o gario digon poenus. Fe fyddai Ifan wedi rhoi'r byd am allu anghofio hynny hefyd, ond wnaeth o ddim, am na allai o ddim bellach.

"Be' 'di dy blania di?"

"Dim byd mawr. Pam?"

"Awydd picio i'r dre' sgen i. Ddoi di?"

"Pam lai. Os ca'i ddreifio."

"A talu am betrol?"

"Efo be'?"

"Stiwdants!"

Tynnai mis Gorffennaf at ei ganol hwyr a doedd o ddim wedi bod cystal mis â'r arfer chwaith er bod yr ymwelwyr yn dal yn droednoeth obeithiol ar ambell draeth o hyd. Digon prin oedd ei awydd am fynd i'r dre hefyd, ond fynnai o ddim am eiliad wrthod ei gwahoddiad yn enwedig o gofio mor aml roedd hi ei hunan. Ac eto ei dewis hi oedd hynny'n aml. Blwyddyn arall ac fe fyddai ei gwrs yn y coleg wedi ei orffen a phum mlynedd o waith yn gymysg â mwynhad wedi mynd fel blodau coed afalau, ac roedd Dylan am fwynhau gweddill ei wyliau cyn ailafael mewn pethau. Digon diffrwt fu sawl diwrnod hyd yma, mor ddiffrwt â nos Sadwrn hen ferch.

Llynedd roedd o wedi dod â Ceri gartref am y tro cyntaf erioed, a hithau wedi dotio ar y croeso a'r ardal o gwmpas. Roedd hi wedi plesio Bethan hefyd o'r munud cyntaf, ond roedd Pontypridd ymhell ac efallai na fu digon rhyngddynt i allu pontio'r pellter hwnnw yn y diwedd. Efallai mai un o bleserau ddoe oedd Ceri wedi'r cwbl ac roedd hynny yn fwy o siom i'w fam na neb arall.

Un o bleserau heddiw oedd dreifio, ac roedd Bethan yn ddigon bodlon iddo gael gwneud hynny bron bob tro. Anghenrhaid oedd car iddi hi erbyn hyn, rhywbeth i'w galluogi i gyrraedd a gadael, i fynd a dod pan godai'r awydd neu'r angen, er fe wyddai hithau am y wefr o fod mewn rheolaeth llwyr ar gar cyflym a'r teimlad o ryddid a ddeilliai o hynny. Gair pwysig oedd y gair 'rheolaeth' iddi erioed. Ond gwrthrych i'w fyseddu a'i fodio hefyd oedd car i Dylan, gwrthrych i'w drin a'i lanhau, ond yn fwy na dim gwrthrych i'w fwynhau. Yn enwedig ar ôl i Ceri droi cefn.

"Paid â gyrru hogyn," er na fu iddi erioed deimlo'n ofnus pan oedd Dylan yn gyrru chwaith. Yn dawel fach roedd hi'n edmygu ac yn mwynhau ei yrru cyflym gofalus a phrotest wantan oedd ei geiriau wrtho er na fyddai fyth yn cyfaddef hynny. Sylwodd yntau ar ei gwên wrth iddynt gyrraedd y ffordd fawr a throi i gyfeiriad y dref.

"Ga'i ofyn un peth i chi, Mam?"

"Menthyg pres. Faint?"

"Na, dim hynny, dim tro yma beth bynnag."

"Be' 'ta?"

"Rwbath o'n ni wedi fwriadu ofyn bora 'ma."

"Wel?"

"Be' sy'n poeni chi, Mam? A peidiwch â gwadu a deud nad oes 'na ddim."

"Be' ti'n feddwl," a hynny'n sydyn, bron cyn iddo orffen ei frawddeg.

Roedd hi wedi ymateb yn rhy gyflym a difeddwl ac yn sylweddoli hynny. Wedi ei drin fel trin plentyn bron, ac roedd ei siom yntau a pheth dicter yn amlwg, nid yn unig yn ei lygaid ond yn y cyflymu sydyn ar waelod yr allt, ac fe wyddai Bethan iddo ymateb yn union fel y byddai Ifan wedi ei wneud. Wedi'r cyfan roedd yna dipyn o'i dad ynddo er gwaethaf ei debygrwydd i'w fam. Mwy nag y meddyliodd Bethan efallai, a hynny'n amlwg yn ei eiriau swta.

"Mi wyddoch yn iawn be' dwi'n feddwl mam. Rŵan be' sydd?"

"Be' sgen i i boeni amdano fo? Dim byd o gwbl."

"Fi ella? Fi a petha' eraill.'

"Chdi?"

"Ia, fi."

"Fuost ti fawr o boen rioed naddo, ddim o'r diwrnod cynta'. Mi ddoist i'r byd 'ma bron ar y diwrnod ddeudodd y doctor, er nad oedd gen ti fawr iawn i'w sbario chwaith."

"Roeddach chi'n hoff o Ceri doeddach?"

"Na'i ddim gwadu hynny. Gobeithio na 'newch chi ddifaru."

"Fydd 'na ddim difaru mam, coeliwch fi."

"Dwi'n falch o hynny, ma' difaru'n medru brifo."

Ceisio ysgafnhau pethau roedd hi, ceisio cuddio camgymeriad yr ymateb sydyn ac fe wyddai'r ddau hynny.

"Be' nath i ti feddwl 'mod i'n poeni tybed?"

"Siarad 'naetho' ni."

"Pwy ydi'r ni 'ma felly?"

"Nhad a finna'."

"Tu ôl i nghefn i ia? Siarad tu ôl i nghefn i."

Arafodd Dylan ychydig er bod y ffordd yn hollol glir a gwastad o'i flaen, fel petai yn hybu'r sgwrs i barhau. Tawelwch am foment cyn i Bethan ofyn.

"Siarad am be' tybed?"

"Ma' golwg wedi blino arnoch chi, a hynny'n rhy aml o lawer."

"Chdi 'ta fo odd yn deud hynny?"

"Fo a fi. Peidiwch â meddwl nad yda ni wedi sylwi."

"Mynd yn hen dwi ysti. Wel, yn hŷn beth bynnag."

"Cario'r byd ar eich cefn."

"Myd i ydio 'te."

"A'n byd ninna'. Mi ddylia nhad wbod, mae o yma'n amlach na fi tydi."

"Dyna oedd o'n ddeud ia?"

Ateb ei chwestiwn gyda chwestiwn arall wnaeth Dylan a hynny er anferth o siom iddi.

"Be' ydi'r boen, Mam? Rhannwch o, wir Dduw, tasa dim ond hefo fi."

Faint o'i byd hi oedd yna i'w rannu erbyn hyn tybed, dim ond ychydig efallai, ac roedd yna bethau na allai neb eu rhannu. Dim gyda neb, faint bynnag mor agos.

"Oes raid ichi redeg bob bora?"

"Oes, bob bore tra medra'i."

"Pam? I be' d'wch?"

"Am 'i fod o'n her, yn her ac yn therapi, a hynny yn fwy na ma' neb yn ei feddwl. O! mi wn i be' ma' pobol yn ei ddeud cofia. Dynas o'i hoed hi'n meddwl bod hi'n ifanc o hyd. Dyna ma' nhw'n ddeud 'te, a ma'n ddigon posib bod nhw'n iawn, ond dim ots. Ella ma' dyna mae dy dad a titha' yn i ddeud hefyd, ond stopia'i ddim tra medra'i. Iawn?"

"Nid dyna oeddwn i'n..."

"Na, gwranda, nei di. Os oes 'na frawddeg sy'n mynd dan fy nghroen i yna 'bodloni ar y drefn' ydi honno, a wnes i rioed 'neud hynny."

Prin bod gan Dylan ateb.

"'Dach chi dipyn o rebal, dydach Mam?" Saethodd Dylan heibio i ddau gar yn gyflym a diogel heb sylwi ar fymryn o wên ar wyneb Bethan.

"Be? Wyddat ti ddim?" Fe wyddai Bethan fod rheolaeth y sefyllfa yn ôl yn ei dwylo hi am ychydig beth bynnag.

"Dydi nhad ddim, nac ydi?"

"Deud 'ta gofyn w't ti?"

"Deud mae'n debyg."

"Dydi pobol fodlon byth yn rebals ysti."

"A mae o'n fodlon?"

"Am wn i mae o."

Tro Dylan oedd gwenu y tro yma, ond nid gwên o fodlonrwydd oedd hi chwaith.

"Mae gen i syniad be' sy'n poeni chi."

"O!"

"Yr hen rig 'na 'te."

"Mi ddylia' honno boeni pawb."

Roedd y ddau wedi cyrraedd cyrion y dref cyn iddo gael cyfle i'w hateb a pharciodd Dylan y car bach mor rhwydd a rhoi pres ar gledr llaw, heb ffwdan na thramgwydd, a heb weld yr edmygedd ar wyneb ei fam.

"Wyt ti am ddod efo mi?"

"Be', i siopio?" Fel pe bai hynny'n hollol amhosibl iddo.

"Ia, mae arna'i ofn. Ella galwa'i i weld Wendy hefyd os ca'i gyfla ac os na fydd hi'n wirion o brysur."

"Ma' hi'n siŵr o fod yn wirion' tydi."

"Paid â siarad felna, Dyl, ddylia' ti ddim."

"Sori, dwi'n gwbod. Gwelai chi mhen awr ne' fwy."

"Yn lle?"

"Fama."

"Braf ar rai tydi."

Winc ac i ffwrdd â hi i ganol trwst arferol y strydoedd bach cul a thoddi i'r prysurdeb.

Pennod 3

Glaniodd yr awyren cyn llyfned â gwenynen ar flodyn ac arhosodd Huw Lloyd yn ei sedd a gadael i'r gweddill eiddgar fustachu a gwthio eu ffordd at y drysau. Amynedd oedd un o gyfrinachau mawr y teithiwr profiadol, peidio rhuthro'n wyllt am nad oedd dim i'w ennill ond colli tymer a gadael rhai pethau ar ôl. Fe fyddai car wedi ei logi yn aros amdano yn barod ar gyfer yfory beth bynnag, a gan fod rhan helaeth o'r bagiau oedd ganddo wedi eu hanfon i'r gwesty ymlaen llaw doedd ganddo ond y bag llaw a'r gliniadur i'w gario. Doedd ganddo fawr o awydd treulio noson yn Llundain chwaith ond fe fyddai'n rhaid bodloni am unwaith a chychwyn am Lŷn yn gynnar yn y bore.

Fel bob amser roedd trefniadau Jackie yn batrwm o berffeithrwydd, gwesty moethus heb fod nepell o'r maes awyr a photel o win Chablis gorau yn oeri'n araf wrth ochr ei wely wrth iddo agor drws yr ystafell. Prin bod angen dim arall, dim ond Jackie ei hun efallai. Chwarddodd Huw wrtho'i hun yn uchel am ben ei feddyliau chwantus ac agor y botel Chablis yn eiddgar ond yn ofalus. Nid Chablis fyddai dewis cyntaf Jackie iddi ei hun chwaith ond gwin coch tywyll o'r Eidal, ac fe wyddai Huw hynny o brofiad. Er cystal oedd y gwin, ac er yr ychydig flinder wedi'r hirdaith, roedd cwsg yn gyndyn o'i oddiweddu. Roedd ambell i benderfyniad yn y gorffennol wedi bod yn anodd, ond roedd o wedi arfer gwneud penderfyniadau pellgyrhaeddol felly sawl tro, a dyna pam roedd ei gyflog misol mor hael a'r holl fanteision ymylol yn fonws wedyn ar ben hynny, a fu o erioed yn berson llac ei bwrs beth bynnag arall oedd ei wendidau. Hyd yma penderfyniadau yn ymwneud â gorffennol a dyfodol pobl eraill oedd bron pob un, ond y tro yma roedd ei gynefin cynnar yntau a'i bobl yn y fantol. Roedd Texas ymhell o Enlli ond fe wyddai Huw bod enaid ei fodolaeth yn dal yn Llŷn o hyd. Hogyn Llŷn oedd o, nid hogyn Texas, er bod olion y fan honno ar ei acen erbyn hyn.

Pan fyddai ambell broblem a gofid yn anodd eu hwynebu, tynnu ar ei ddoe a wnâi bron bob tro, cofio ambell gyngor gan hwn a'r llall, cofio hen brofiadau a digwyddiadau, ac o'r fan honno y dôi swcr yn ddieithriad. Yn y Swdan a'i weflau'n grimp gan syched, dŵr Ffynnon Cae Bach oedd arno eisiau. Y dŵr iasoer a'r gofer hwnnw fyddai wedi torri'r syched, ac nid dŵr llugoer y poteli plastig oedd yn ei fagiau. Ar y tir brown uchel ym Molifia lle roedd yr awyr mor denau â phlanced wyrcws, roedd o wedi gorfod aros dro ar ôl tro wrth gerdded a llowcio ei anadl, ei galon yn curo fel drwm a'r chwys yn berlau mawr ar ei dalcen uchel, a'i hiraeth am awel Mai o gopa'r Garn. Nid awelon a gwynt cynnes Texas oedd ei angen bryd hynny.

Bod yn hynod ofalus gyda'r wasg a'r cyfryngau oedd rhai o'r cyfarwyddiadau olaf a gafodd Huw wrth iddynt drin a thrafod a manylu am y daith cyn iddo adael ei swyddfa, ac fe wyddai mai hanner y gwir fyddai'n rhaid iddo ddweud yn aml, a hynny er lles yr holl brosiect. Ac yn sicr er lles Premier Oil. Wnaeth yna neb ofyn na sôn yr un gair am beth fyddai orau er ei les personol o chwaith, nac am les y trigolion lleol, ond fe wyddai y byddai rhai yn gofyn unwaith y deuai'r prosiect i lygaid y byd. Unwaith y byddai ei draed yn solet ar dir Llŷn fe fyddai'n rhaid cael atebion, a fo fyddai'n gyfrifol am roi yr atebion hynny faint bynnag mor anodd fyddai'r dasg.

Pleser i'w rannu oedd gwin da i fod, ond heno doedd ganddo neb i rannu'r pleser a'r mwynhad hwnnw. Cododd y gwydryn oedd yn fwy na hanner llawn i fyny i lygaid y golau a gadael i'r pelydrau gwyn dreiddio ato a thrwyddo fel pe bai yn mynd i gynnig llwnc destun, ac yna sipian y chwerw felys oer yn araf, araf a blasu pob diferyn. Gwiriondeb llwyr oedd rhuthro gwin da ar unrhyw adeg, bron nad oedd yn bechod, a heno doedd arno ddim brys o gwbl. Dyna oedd cyngor hen ŵr a map ei flynyddoedd yn rigolau dwfn piws ar ei ruddiau wedi ei roi iddo amser maith yn ôl bellach wrth i'r ddau rannu orig fach dawel ar gyda'r nos swrth yn Nyffryn y Loire pan oedd Medi'n darfod yn rhemp o liwiau. 'Trin dy win fel trin merch ddeniadol, yn araf, yn ofalus ond yn fwy na dim yn gariadus.'

Cyfuniad da oedd gwin a chariad bob amser, ond heno dim ond gwin oedd ganddo. Rhywle ym mhlygiadau'r blynyddoedd roedd Connie ac yntau wedi anghofio â thorri y rheol honno, ac wedi colli'r blas a'r wefr hefyd. Un gwydryn bach arall i gofio'r dyddiau da, ac yna un arall efallai i'w alluogi i'w anghofio cyn ildio'n fodlon i bleser cwsg. Dyna fu'r patrwm mewn aml i ystafell debyg ers tro.

Ruban unffurf ddiflas oedd pob traffordd iddo bellach, a phawb ar frys fel cath i gythraul, heb falio am neb na dim. Dim ond y mynd tragwyddol. Profiad braidd yn ddieithr oedd gyrru ar yr ochr chwith hefyd a hynny'n llyffetheirio ei awch yntau i fynd a chyrraedd mor fuan â phosibl. Siom enfawr oedd y pryd bwyd hefyd, cymysgedd ar blât oer ar fwrdd blêr rhwng byrddau blerach, a chwpan plastig tenau heb sôn am y cyfarchion swta wrth iddo dalu, a daeth mymryn o hiraeth am groeso cynnes gwestai Americanaidd gyda'r gwasanaeth eiddgar. Gwasgodd ar y sbardun yn galed wrth weld yr arwyddion am Ogledd Cymru gan obeithio fod gwell croeso ar gael. Roedd gwên Wendy yn llawer cynhesach.

Pwysodd Huw Lloyd ar ymyl y cownter bach glanwaith yn nerbynfa gwesty'r Crown a chanfod dau lygad fel denim wedi ei olchi ganwaith yn syllu'n hyderus arno dros ymylon y cyfrifiadur a hymiai'n ddistaw, a llais fel Southern Comfort yn gwrtais felys ar y ffôn. Rhedodd y bysedd hirfain yn fedrus gyflym tros lythrennau'r bwrddfys cyn i'r 'Thank you' sydyn ddod â'r sgwrs i'w therfyn. 'Sorry to keep you waiting' meddai'r Southern Comfort a sylwodd yntau ar yr enw Wendy ar ymyl ei siaced fach fodern wrth iddi godi a dod at y cownter. 'Gwasanaeth Cymraeg ar gael yma,' meddai'r sticer bach crwn oedd tu ôl iddi ar y panel gwydr a mentrodd yntau'n ofnus gan wneud ei orau glas i guddio'r acen Americanaidd yr un pryd.

"Dwi'n deall fod yna 'stafell ar fy nghyfer. Huw Lloyd ydi'r enw."

Llanwodd syndod y llygaid denim am eiliad.

"O! Sori. Cymraeg ydach chi," a symud yn ôl yn gyflym at y cyfrifiadur a phwyso botwm neu ddau cyn cael cip sydyn ar Huw yr un pryd.

"Rŵm êt. Iawn Mr Lloyd? O! ..."

"Problem?"

"Na, dim riali, mistêc ma' siŵr. Computer Error. Gweld yr enw Texas 'nes i. Popeth wedi ei dalu ymlaen llaw, 'Long stay Mr Lloyd."

"Pob dim yn iawn felly, os ca' i'r goriad os gwelwch yn dda."

"Luggage? Sori, bagia?"

"Dim ond y ddau yma, mae'r rest yma'n barod, gobeithio."

Cododd Wendy y ffôn yn frysiog a dechrau gwneud ymholiadau pellach a'r cwestiynau'n dal yn ei hedrychiad cyn iddi ddychwelyd i wynebu Huw gyda'i gwên ddeallus.

"Ma' nhw yma ers dyddia Mr Lloyd yn barod yn y rŵ – 'stafell chi."

Estynnodd y goriad yn araf tuag ato ac yna dod allan o du ôl i'r cownter bach cyn dechrau arwain Huw at y grisiau llydan oedd ar y chwith iddo.

"Yr ail 'stafell ar y dde – 'best in the house' Mr Lloyd. Os oes angen rhywbeth gadewch i mi wbod."

"Thanks," a sylweddoli ei gamgymeriad am eiliad cyn y 'Diolch' sydyn. Trodd hithau yn ôl i gyfeiriad y cownter a'i chyfrifiadur heb sylwi bod llygaid Huw yn dilyn pob cam o'i heiddo cyn iddo ddechrau dringo'r grisiau.

Llyncodd Huw yr olygfa yn awchus a chyflym. Ffenestr fawr hirsgwar yn wynebu'r môr a'r bwa o fae yn lasddu dan haul y pnawn hwyr a bwndeli o bobl yma ac acw yn bleser i gyd ar y tywod. Dau gwch diog rhyngddo a'r gorwel, a'r tir i gyfeiriad Meirionnydd yn edrych yn agos yng ngryndod y tês egwan. Meiddiodd droi ei lygaid i'r dde rhag ofn bod y rig o fewn golwg, ond fe wyddai yn ei galon nad oedd Enlli'n debygol o fod yn weladwy o'r fan yma yn y dref. Cymhlethu pethau oedd golygfa fel hon, codi hen amheuon a'i wthio yntau er cymaint ei gariad at wyddoniaeth, i gornel ddigon anodd. Doedd gan neb yr hawl i ddinistrio golygfa fel hon. Pe byddai rhywun yn gofyn iddo ddisgrifio'r olygfa, yna mewn Cymraeg y byddai orau ganddo wneud hynny am mai Cymraeg fyddai'n gallu cyfleu'r tlysni orau. Geiriau Cymraeg fyddai'n gallu cyfleu ei deimladau hefyd, ac eto roedd o wedi ofni sgwrs yn y Gymraeg am nad oedd o wedi cael sgwrs felly ers amser maith. Ond dim ond mân siarad oedd y rhannu geiriau rhyngddo a Wendy. Cyn bo hir fe wyddai y byddai'n rhaid iddo wynebu sgwrs sylweddol, a fyddai hynny ddim yn hawdd o dan yr amgylchiadau. Brân yn adnabod ei nyth oedd o ar y foment yma, hen alwadau greddfol yn stwyrian yn ei fod ac fe fyddai angen iddo ddysgu sut yn union i reoli pethau felly yn ôl rheolau a gofynion Premier Oil, ac edrych ar bethau ac ar bobl mewn gwaed oer. Dim ond un olygfa oedd hon ac fe fyddai'n dechrau cynefino â hi yn eitha' buan mae'n debyg. Ond faint o siawns oedd ganddo i ddechrau cynefino â phethau pan fyddai'n sefyll ar draeth Aberdaron neu gopa Anelog tybed? Digon prin y byddai ei waed yn oer o dan amgylchiadau felly. Syllodd yn eiddigeddus ar y rhai ffodus oedd yn mwynhau'r haul a'r traeth.

Cnoc ysgafn sydyn ar y drws a dorrodd ar ei feddyliau, a bachgen ifanc yn sefyll yno gyda'r ddau fag a adawodd yng ngofal Wendy. Swta fu'r diolch gafodd hwnnw wrth i Huw wthio dwybunt newydd i'r dwylo chwyslyd a throdd Huw ei gefn ar yr olygfa a dechrau didol a dethol ei bethau. Fe fyddai angen prynu ambell ddilledyn neu ddau eto, a phâr o esgidiau tebol, ond fe wnâi hynny pan ddeuai'r angen, a

Premier fyddai'n talu beth bynnag. Ond roedd yna rai pethau na allai neb dalu amdanynt na gwybod beth oedd eu gwerth chwaith. Cip fach sydyn arall ar yr holl olygfa cyn gorwedd ar y gwely i gael gwared o'r lludded.

Gwesty bychan oedd y Crown, hen adeilad wedi ei addasu'n chwaethus, ac yn ddigon moethus a diddos i gadw ei enw da heb fod yn rhy dwristaidd ei naws. Roedd y croeso'n un cynnes i bawb ac fe wyddai Wendy yn union sut i ddangos y croeso hwnnw. Crefft oedd croesawu ac nid yn yr un ffordd yr oedd croesawu pawb, ac roedd hi wedi dysgu mwy a mwy am hynny wrth iddi fynychu ambell gwrs a chynhadledd. Ond roedd anian croesawgar ynddi a'r anian hwnnw'n hŷn o lawer na'i wyth mlynedd ar hugain.

Wedi dod yn ôl roedd hithau, wedi dychwelyd i'w chynefin cynnar, nid o bellter Texas efallai, ond fe wyddai am bellter na ellid ei fesur mewn milltiroedd, dim ond mewn dagrau a siom. Roedd golwg felly ar yr Huw Lloyd yna hefyd erbyn meddwl, ond arwyddion blinder teithio oedd hynny, mae'n debyg. Wnaeth hi rioed ddweud yn iawn pam y daeth yn ôl chwaith, dim ond hanner dweud wrth Bethan efallai, a wnaeth honno ddim holi llawer arni, dim ond dweud ei bod hi'n deall. Ac eto sut y gallai Bethan ddeall a hithau wedi byw a bod yn ei chynefin? Hiraeth oedd y rheswm swyddogol am y dychwelyd hwnnw, ond roedd ambell wên ddeallus wedi gweld yn llawer pellach na'r gair hiraeth, mae'n siŵr, erbyn hyn, ac mae'n debyg fod hynny'n wir am Bethan hefyd er na ddywedodd hi ddim. Ond o leiaf doedd hiraeth ddim yn bechod.

Roedd hi wedi gweld pryder yn llygaid y gŵr o Texas hefyd, a'r pryder hwnnw'n deillio o fwy na hiraeth. Yn sicr, roedd yna fwy na hiraeth yn y llygaid treiddgar. Syllu i ganol ei llygaid oedd o wedi ei wneud wrth siarad, ac roedd Wendy yn eitha' hoff o bobl felly. Rhyfedd fel roedd profiad mewn swydd fel ei un hi yn galluogi iddi ddarllen ambell gwsmer heb iddo yngan gair o gwbl.

Wrth fod y dderbynfa'n wag manteisiodd ar y cyfle a phwyso'r botwm bach angenrheidiol ar fysfwrdd y cyfrifiadur a rhestrodd hwnnw'n ufudd fanylion holl westeion y Crown i gyd iddi. Doedd hi ddim wedi sylwi ar y teitl Dr o'r blaen chwaith. Pwysig ma' raid, er nad oedd o wedi amlygu hynny iddi mewn unrhyw ffordd. Yr acen oedd ganddo oedd yn wahanol, yn wahanol i ddim a glywodd hi erioed yn y Crown beth bynnag, ac roedd hi bron wedi gwenu wrth ei chlywed. Ond i beth fyddai rhywun o Texas yn dod i'r dre'? I chwilio am ei achau efallai. Prin fod golwg fel rhywun ar ei wyliau arno, ond os oedd yr acen yn anghyfarwydd roedd ei eiriau yn hollol gyfarwydd, a braidd yn hen ffasiwn yn ei thyb hi, ac ni allai'r acen guddio hynny. Os rhywbeth roedd ei Gymraeg yn dipyn gwell na'i Chymraeg hi, er nad oedd hynny'n dweud llawer.

Na, chwilio am ei wreiddiau roedd o ac roedd Americanwyr wrth eu bodd ac yn enwog am wneud hynny. Chwilio rhag ofn fod yna ddafad ddu yn y llinach yn rhywle neu berthynas enwog, a dilyn yr holl achau mewn hanner ofn a hanner pleser, a'r chwiw honno wedi mynd yn drech a throi yn ysfa afreolus. Roedd hi wedi clywed am rai felly, ond fyddai hynny fyth yn digwydd iddi hi. Ac eto roedd yna fwy na hynny ac roedd ganddi syniad beth oedd hynny hefyd dim ond iddi gyfaddef wrth'i hun. Edmygedd ohoni hi oedd Wendy wedi ei weld, a phrin y llwyddodd yntau i guddio'r ffaith. Fu hi erioed yn brin o gael ei hedmygu nac o fwynhau hynny, ac roedd edmygedd yn gymorth mawr i geisio anghofio peth o'i ddoe. Yn sicr nid arian oedd tu ôl i bryder Dr Lloyd, nid yn ôl ei ymarweddiad beth bynnag, ac nid pawb fyddai'n aros yn yr ystafell orau yn y Crown chwaith, yn enwedig am amser hir a thalu ymlaen llaw. Fe gostiai hynny geiniog a dimai i rhywun, ond eto nid y fo oedd yn talu. Y cwmni yna o Texas oedd yn gyfrifol am hynny, ac wedi talu ymhell o flaen llaw. Beth oedd yr enw? Tarodd yr enw hi fel morthwyl – Premier. Dyna'r enw roedd hi wedi ei glywed ar y radio dro ar ôl tro, rhywbeth i'w wneud hefo'r rig 'na, ac roedd pawb wedi bod wrthi'n siarad am honno. Doedd dim llawer o Gymry'n ymwneud â phethau felly chwaith, ond nid Cymro oedd o. Arglwydd ia, Cymro oedd o, Cymraeg oedd o wedi siarad hefo hi er gwaetha'r acen. Chwilio am nwy, dyna'r stori ar lafar, olew meddai eraill, ond doedd neb yn gwybod yn iawn chwaith, ond fe fyddai gan Bethan ddiddordeb yn yr holl beth. Protestio oedd honno wedi wneud, mynd ar bwyllgorau ac ati, codi llais yn aml, a dechrau deiseb a cherdded o ddrws i ddrws i gael cefnogaeth. Rhai wedi chwerthin am ei phen sawl tro a'i diawlio'n gyhoeddus. Fe fyddai Ifan, ei gŵr, yn gwybod hefyd ac yntau'n gweithio yn Swyddfa'r Cyngor yn y dre', er na chlywodd neb amdano fo'n codi llais. Feiddia'i o ddim yn 'i swydd o. Ffonio Bethan fyddai orau, ond nid heddiw.

Wrth i Dylan gicio'i sodlau wrth ddrws y siop roedd ei gydwybod yn dechrau ei gyhuddo braidd. Fe ddyliai fod wedi mynd gyda'i fam o gwmpas y siopau yn lle gadael iddi fod ei hunan a gorfod cario'r bagiau wedyn. Difeddwl, yn enwedig o gofio bod goriadau'r car yn ei boced hefyd.

Trodd i fewn i'r siop a dechrau tindroi o gwmpas y silffoedd oedd yn llawn llyfrau. Gallai ymgolli am oriau lawer mewn siopau felly, a dyna fyddai ei bleser bob tro yr aent am sgowt i Gaer neu Lerpwl yn ystod gwyliau. Sefyll, bodio, byseddu ac ysu am brynu a mentro hynny hefyd pan fyddai amgylchiadau'n caniatáu. Doedd unigrwydd ddim yn bodoli pan gâi lyfr da yn ei law, ond digon cynnil oedd y dewis yma ar y cyfan. Dim ond llyfrau i fodloni'r foment oedd y rhan helaeth ohonynt, a digon prin oedd y cwsmeriaid, gyda dim ond dau neu dri yn loetran o gwmpas y silffoedd ac yn edmygu ambell ferch hanner noeth ar glawr lliwgar. Hogiau heb obaith diwrnod o waith a'r diweithdra lleol hwnnw'n baent ar eu hwynebau. Rhain fyddai'n cefnogi cael glanfa nwy er mwy cael ceiniog, a rhain hefyd fyddai'n diawlio'i fam am ddangos gwrthwynebiad i'r datblygiad. Rhain fyddai'n haeru na fedrwch chi fyw ar brydferthwch, er mai prin y bu iddynt sylweddoli na sylwi ar y prydferthwch hwnnw. Lliw ceiniog oedd lliw prydferthwch, ceiniog i dalu am rownd yn y Black Lion, un arall i brynu ticed loteri neu ddau ddwywaith yr wythnos. Dyna oedd pris pob breuddwyd. Ceiniog arall i dalu'r Christmas Club a'r siopio ar gyfer y Nadolig pan drefnai rhai fysiau i gael diwrnod yng Nghaer neu bellach ar ddiwedd Tachwedd a dechrau Rhagfyr a dod adref heb weld y niwl ar gopa'r Eifl na chanlliw'r coed ym Moduan.

Ond *Wales in Colour* meddai'r clawr deniadol a lliwgar ar y llyfr trwm ar y silff isaf un, a chastell balch Caernarfon yn ei lordio hi o ymyl i ymyl, heb feiddio dangos y cwffio ar y Sgwâr ar aml i nos Sadwrn, na'r pentwr o nodwyddau yn ymyl y Cei, heb sôn am yr hogia a'r genod yn chwydu cwrw eu diflastod i lanw sur yr harbwr. Ond roedd y lluniau cyfarwydd yno i gyd mewn sglein apelgar, Bro Gŵyr, Yr Wyddfa, Aberystwyth, Castell Harlech, Bae Caerdydd a Thryweryn hefyd, a chaeodd Dylan y llyfr yn glep a'i wthio i ben pella'r silff. Pe bai ganddo gamera da a drud, yr un gorau dan haul, fe dynnai luniau o'r Gymru real a chyfoes, y tlws a'r hagr hefyd. Y machlud dros Benrhyn Gŵyr ar nos dawel o Fedi, a'r ciw dôl yn 'Stiniog yn llinell lwyd ar fore Iau. Siopau'r Nadolig yn angylion gwyn a'r sêr yn wincio'n lliwgar, a'r pwll glo caled wedi cau a'r geriach yn diferu'n rhydlyd yn y glaw mân a dreiddiai'n llawer is na'r croen. Lluman fawr Cadw yn foliog yn yr awel ar dŵr ambell gastell, a ward y plant yn yr ysbyty lleol wedi cau ac yn dawelwch trist. *The True Colours of Wales*. Prin iawn fyddai'r gwerthiant. Sylwodd ar ŵr canol oed hen yn crafu ceiniog o'i boced i brynu copi o'r *Sun* cyn cerdded allan i ganol yr haul. 'Y gwir yn erbyn y byd ac ati.' Damia nhw.

"Fama rwyt ti, ia?"

Roedd rhosyn bach o wrid ar ei gruddiau a lludded yn ei llygaid hefyd.

"Mi gymrai'r bagia rŵan, Mam."

"Un bob un ond mi gei di'r tryma."

"Coffi?"

"Ma' dy galon di yn y lle iawn, tydi."

Pobl ddoe yn bwyta cacennau ddoe oedd yno bron i gyd, y cacennau oedd ar ôl yn rhesi lliwgar dan y gwydr tew ar y cowntar a gwenyn meirch yn ymdrechu i'w cyrraedd. Pobl lwydaidd yn lapio eu dwylo o amgylch cwpanau fu unwaith yn wyn, fel dal gafael mewn hen freuddwydion, ac eto roedd haul mawr lond y ffenestri oddi allan.

"Be' gymrwch chi?"

"Dim ond panad ysti."

"Cacan?"

"Dim peryg."

"Fedra'i mo'ch temtio chi?"

"Chdi na neb arall."

Llugoer oedd y coffi, wedi sefyll yn rhy hir ac wedi ei ail dwymo, ac er na ddywedodd ei fam yr un gair am hynny fe wyddai Dylan na chafodd yr un o'r ddau fawr o flas arno.

"Yda' ni am alw i weld Wendy?"

"Dim heddiw, ma' gynni ddigon ar 'i phlât ma' siŵr."

Sylwodd Bethan ar y mymryn lleiaf o siom ar ei wyneb, ond heb ddweud dim.

"Ond ma' hi'n siŵr o alw rhywdro tydi," a hynny'n llawn tinc gobeithiol.

Dod felly y byddai Wendy bron bob tro, cyrraedd fel lwc neu brofedigaeth heb neb yn ei disgwyl. Ffroth o hogan oedd hi ym marn Ifan, yn lliw haul ym mis Tachwedd, ond yn galon i gyd. Dyna oedd barn rhai eraill amdani hefyd yn ôl y sôn. Hogan heddiw yn poeni dim am yfory, ond fyth yn sôn am ddoe chwaith. Ffasiwn a ffansi oedd ei sgwrs yn aml, ac ambell sgert yn feiddgar o gwta, ond yr un gwaed oedd ynddi â Bethan, ac fe wyddai Dylan bod y ddwy yn deall ei gilydd i'r dim. Perthyn o bell yr oedd o a hi.

Roedd yn llawer prysurach ar y ffordd wrth i Bethan a Dylan droi am adref, ymwelwyr yn loetran neu'n arafu'n sydyn wrth i ambell olygfa eu cyfareddu, ac eraill yn ffwdanllyd a diamynedd.

"Pwyll hogyn. Be' ydi dy frys di?"

Hanner gwên a gafodd Bethan wrth i Dylan fynd heibio dau gar a thractor yn gyflym ond gofalus.

"Pam daeth hi'n ôl Mam?"

"Wendy?"

"Ia, Wendy."

Doedd hi ddim wedi disgwyl y cwestiwn am nad oedd o erioed wedi gofyn o'r blaen.

"Cwestiwn da." Roedd hi'n amlwg eisiau amser i hel meddyliau cyn mentro rhoi ateb iddo.

"Ches i rioed wbod gynnoch chi na 'nhad naddo."

"Wyt ti'n meddwl ei fod o'n gwybod?"

"Ydach chi?"

"Dim y stori i gyd beth bynnag. Be' ti'n feddwl?"

"Pisin."

"Ydi ma' hi, ond ma' mwy na hynny iddi coelia fi."

"Rydach chi'n dipyn o fêts, y hi a chi."

"Ydan, a ma' petha' wedi bod yn anodd iddi. Pan aeth hi i ffwrdd roedd hi am goncro'r byd i gyd, ond pan ddaeth hi adra y byd odd wedi'i choncro hi. Am y tro beth bynnag."

"Pwy fasa'n meddwl hynny rŵan?"

Prin iawn fu'r sgwrs wedyn fel petai'r ddau yn sylweddoli bod yna fwy i'w ofyn a'i ateb rhywle yn y dyfodol, ac wrth i Dylan droi'r car i gyfeiriad y tŷ roedd haul mawr oren yn disgyn yn araf i'r llanw a'r brain yn dechrau clebran yn y brigau cyfagos.

"Be' nei di rŵan?"

"Begio."

"Begio am be' hogyn?"

"Am gael menthyg y car nos 'fory. Ga'i?"

"I fynd i weld pwy tybed?"

"I fynd â'r posteri am y rig a'r lanfa o gwmpas y lle. Peidiwch â deud eich bod chi o bawb wedi anghofio hynny."

"Mi ddoi hefo ti siŵr iawn."

Pennod 4

"Be' 'nawn ni, dechra' hebddo fo?"

"Fydd o ddim yn hir iawn, siawns, na fydd? Fuo fo rioed yn un cynnar lle bynnag bydda' fo. Dim ond gobeithio bydd pethau'n gwella pan geith o waith."

"Os ceith o waith 'te."

Roedd Bethan wedi paratoi pryd o fwyd blasus fel arfer a wnaeth pryd wedi ei ail dwymo erioed ei phlesio, na phlesio neb arall chwaith yn ei barn hi. A heno roedd Dylan yn hwyr a'r pryd bwyd yn dechrau oeri a cheulo. Cynhesu roedd tymer Ifan ac fe deimlai Bethan bod yr hen densiwn yn datblygu'n araf ond yn sicr rhyngddynt. Doedd neb yn pryderu mwy am ddyfodol Dylan na hi, ac fe wyddai bod Ifan yn ei ffordd ei hun yn yn llawn pryder hefyd er mai anaml yr amlygai hynny i neb. Ond eto fe deimlai'r ddau nad oedd y dyfodol yn broblem fawr i Dylan chwaith. Ofn iddo ddod yn rhan o'r genhedlaeth a fyddai'n bodloni a dygymod â diweithdra oedd sylfaen ofn y ddau, ac fe fyddai'r ofn hwnnw'n torri i'r wyneb ambell dro wrth iddynt rannu eu pryderon amdano. Byw er mwyn heddiw am bod yfory yn llawn ansicrwydd a chymryd popeth fel y deuai am nad oedd ganddynt y grym i weld dyfodol, dyna oedd dadl diflewyn ar dafod Ifan am genhedlaeth Dylan a'i debyg, ond roedd Bethan yn gweld mwy o gyhuddiad na chydymdeimlad mewn siarad plaen fel yna, yn enwedig pan welai ymateb pendant Dylan i broblemau'r lanfa.

Gofid fyddai'n llenwi pob yfory os deuai honno i'r traethau, gwaith neu beidio.

"Paid â brygowthan gormod am waith hefo fo Ifan, mi ddaw yna rwbath wedi iddo fo orffan."

Cuddio ei gofid tu ôl i'w geiriau roedd Bethan, er ei bod hithau ambell dro yn colli amynedd yn llwyr wrth weld agwedd Dylan, ac fe wyddai Ifan hynny'n dda wrth iddo ddewis ei eiriau'n ofalus.

"Dyna ydi geiria' pawb – mi ddaw yna rwbath."
Teimlodd hithau'r oerni niwtral yn ei eiriau a rhwng hynny a'r ffaith bod pryd da o fwyd yn oeri'n gyflym, cododd gwrid ei dicter i'w hwyneb.

"Am nad oes 'na ddim arall fedar neb 'i ddeud nagoes."
Roedd ei geiriau mor finiog â gwynt Mawrth ar Fynydd Anelog. Doedd fawr o awydd codi ffrae na chodi llais chwaith ar Ifan, er mai dyna fyddai'n digwydd yn rhy aml wrth i Bethan ac yntau drin a thrafod dyfodol eu mab, ond fe wyddai hefyd bod hynny'n ddraenen ddofn yng nghanol eu priodas.

"Ella bydd rhaid iddo fo newid cwch."

"Be'ti'n feddwl?"

"Peidio mynd i fyd addysg, dyna dwi'n feddwl. Wedi'r cyfan, cwyno mae rhan fwya' yn fanno 'te."

Damiodd Ifan yn ddistaw bach dan ei wynt wrth sylweddoli iddo ddweud gormod o lawer, a'i eiriau wedi ei tharo hithau mewn lle gwan.

"A finna' yn 'u mysg nhw mae'n debyg, ia Ifan?"

"Ddeudis i mo hynny, Beth."

Roedd y boen yn amlwg yn ei llygaid am yr eiliad honno a throdd Ifan i gael esgus o gip allan trwy'r ffenestr rhag ofn iddo ddweud mwy.

Roedd ganddi hithau boendod am y dyfodol hefyd, ac nid poendod am Dylan oedd hwnnw chwaith, ond poendod am ei dyfodol hi ei hun. Gostyngiad yn nifer y disgyblion yn yr ysgol oedd gwraidd y boen, ac er mai gostyngiad bychan oedd hwnnw, roedd yn ddigon i ddechrau amheuon, ac fe fyddai'r Swyddfa Addysg yn sicr o fod yn cadw llygad barcud ar y sefyllfa honno. Edliw hynny iddi ar bob cyfle oedd cefnogwyr y rig wedi ei wneud, a hynny heb flewyn ar dafod yn amlach na pheidio. Fe fyddai swyddi newydd gyda chyflogau da yn dod â mwy o ddisgyblion i'r ysgol, a theuluoedd ifanc yn ymgartrefu yn yr ardal a dyna fyddai'n sicrhau dyfodol i'r ysgol ac iddi hithau hefyd. Wnaeth neb sôn am pa fath o ddyfodol chwaith, ond fe fyddai unrhyw fath o ddyfodol yn bodloni rhai.

Dyrnaid o ymwelwyr yn ystod misoedd yr haf a fawr neb yn aros, mynd a dod fel blodau a neb yn cartrefu ond ambell i deulu cefnog. Dyna oedd yn digwydd wrth hybu twristiaeth a chadwraeth 'te? 'Cadw popeth ar gyfer neb.' Dyna oedd un o sloganau effeithiol y cefnogwyr hynny, ac roedd slogan bron wedi troi'n ddihareb ac wedi aros yng nghof rhai a chau popeth arall allan.

"Tasa ti'n gadal i mi orffan." Ond doedd gan Ifan fawr ddim arall i'w ddweud chwaith, dim ond gadael iddi garlamu ymlaen ar gefn ei cheffyl geiriol.

"Wyddost ti be' Ifan, dim ond un cwch fûm i isio bod ynddo fo 'rioed, a dwi'n dal ynddo fo am chydig beth bynnag. Dim ond un drwg sydd 'na."

"Be' di hwnnw tybad? Cyflog?"

Sylwodd Bethan ar finiogrwydd ei ddweud cyn ateb.

"Na, ma hwnnw'n eitha' da byth, ond fydd diwadd y

fordaith ddim hannar cystal â'r dechra' coelia fi, cyflog da neu beidio, dim cŵyn ydi hynny cofia, dim ond ffaith oer."

"Ond fasa ti ddim yn hapus yn gneud dim arall."

"Na faswn debyg. Ella basa rhywun fatha chdi yn medru ffitio yn rwla."

Wnaeth hi erioed adael ei swydd wrth ddrws yr ysgol, ond digon prin y cariodd Ifan ei swydd dros riniog ei swyddfa ers blynyddoedd, ac fe wyddai'r ddau hynny'n iawn.

"Ma' yna bobol felly ysti." A hynny gan gofio ambell i gyhuddiad yn y gorffennol.

"Mi wn i hynny yn iawn coelia fi, pobol bodlon iawn 'i byd ydyn' nhw. Pobol fatha Mrs Jones Yr Allt a'i thebyg."

"Y?," a chodi'r papur bro cyfredol gan obeithio cael rhywbeth ynddo fyddai'n gyfle i newid trywydd y sgwrs, ond methiant llwyr fu hynny.

"Ei gweld hi ddoe wrth bostio yn y pentra' a darllan y postar am y cyfarfod cyhoeddus yr un pryd 'nes i, taswn i haws. 'Ddowch chi?' medda fi, a mi drychodd fel taswn i'n lwmp o faw."

"Gest ti atab?"

"O! do, mi ges i atab. 'Dŵad i ble?' medda hi, a'i gwynab fel hen afal sur. Mi wydda' hi'n iawn i ble, ond dim isio gwbod odd hi 'te, a ddaw hi ddim gei di weld."

Bron nad oedd Ifan wedi ei gornelu ac ar gyfyng gyngor beth i'w ddweud na'i wneud, ond storm neu beidio roedd yn rheidrwydd arno fynegi barn, ac efallai y byddai Dylan yn cyrraedd adref cyn i'r storm honno gyrraedd ei hanterth. Fe wyddai'n iawn am angerdd Bethan ynglŷn â'r brotest am y rig a'r lanfa, ond roedd ganddo yntau ei boen hefyd. Os byddai ei deulu yn cael eu gweld yn amlwg yn ymdrin â phrotestio ac efallai torcyfraith, ac yntau wedyn yn cael ei dynnu i mewn i'r ddadl gyhoeddus, pwy a wyddai faint mor ddiogel fyddai ei swydd wedyn, a swyddi ac arian mor brin. Roedd llygaid y Cyngor ar bob ceiniog bellach, ac yn ei oed o...

"Wn i ddim ddo inna chwaith, a bod yn onast hefo ti, Beth."

Tawelwch llethol am eiliadau cyn iddi godi'n sydyn a chydio yng nghefn y gadair a'i migyrnau'n wyn a'i llygaid yn fflam. Roedd hi'n gythreulig o ddel pan gollai ei thymer. "Be'? Ddoi di ddim. Sut medri di beidio dŵad?" Fel petai peidio yn bechod anfaddeuol.

"Yli, Bethan, ma'r rig yma'n barod a fedri di na neb arall 'neud dim am hynny bellach na fedri, ac os ca' nhw lwc mi wyddost yn iawn be' ddaw wedyn, a fydd protestio a chodi twrw yn golygu dim i neb. Glanfa fydd hi wedyn, a mi fydd 'na lawar wrth 'u bodd."

"Gneud diawl o ddim ia Ifan? Ista ar dy dîn a gadal i betha' fwrw mlaen heb boeni dim na neb. Dyna ydi'r atab, ia?"

Roedd ei siom yn fwy na'i dicter, a hwnnw'n llenwi ei llygaid yn gyflym, a throdd ei chefn arno a syllu'n hir allan trwy ffenestr fel pe bai chwilio am gefnogaeth o rhywle pell pell, ac er na allai weld y môr fe wyddai Ifan ymhle roedd ei hofn, a lle roedd ei gobaith hefyd. Yna yn sydyn fe drodd Bethan a syllu i ganol ei lygaid.

"Lle ma' dy galon di Ifan? Deud wrtha'i nei di, os oes gen ti galon o gwbwl y dyddia' yma."

Eisteddodd yn gefngrwm ac eiddil yn ôl yn ei chadair a pherl bychan o ddeigryn yn dechrau cronni cyn codi yn gyflym wrth i Dylan gyrraedd a'i wynt yn ei ddwrn a gadael y drws yn llydan agored. Cododd Ifan yr un mor sydyn a'i gau'n glep galed.

"Sori Mam, dwi'n hwyr dwi'n gwbod. Sori."

"Ma'r bwyd yn fwy na pharod tydi," a thinc bach o gerydd ysgafn yn llygaid Bethan, ond y winc fach slei yn dweud llawer mwy.

"Rhoi mwy o'r posteri i fyny buon ni. Mi ro'i un yn y ffenast yma fory pan ga'i fwy o'r wasg," ac eisteddodd Dylan wrth y bwrdd fel pe bai amser yn golygu dim iddo.

"Yn ffenast pwy?" Roedd Ifan wedi ymateb cyn codi'r tamaid cyntaf o'r pryd bwyd oedd o'i flaen.

"Ffenast ni 'te, ma Glyn a finna..."

"Dim cythral o beryg boi. Fydd 'na ddim postar yn agos i'r ffenast 'ma i ti, ddim heddiw, fory na'r un diwrnod arall. O.K."

"Ond ma'..."

"Dim ond amdani Dylan. Fydd 'na ddim postar a dyna fo ar 'i ben."

Cyfarfu llygaid Dylan a'i fam am eiliad a sylwi ar y pryder ynddynt, a bu bron iddo godi a gwthio'i blât oddi wrtho, cyn ail feddwl wrth iddo hanner deall y sefyllfa. Fe wyddai bod y ddau wedi bod wrthi eto'n trin a thrafod ei ddyfodol a'i ddaliadau, ac fe allai deimlo peth o'r tensiwn wrth iddo gydio'n ei gyllell.

"Nid politics ydi hwn, mae o'n fwy na hynny," meddai, ond prin iawn oedd yr argyhoeddiad yn ei lais, a cheisiodd foddi ei ddicter yn ei archwaeth am fwyd.

"Anghofiwch o 'newch chi, fydd un postar ddim yn debygol o 'neud unrhyw wahaniaeth." A rhoddodd Bethan ei phlât yn y lle arferol cyn eistedd wrth y bwrdd.

Wnaeth hi erioed gyflwyno pryd o fwyd yn flêr o flaen

neb, ac roedd hi'n benderfynol na fyddai'r pryd yma yn ddim gwahanol er gwaetha'r tensiwn, ac un o bleserau Ifan oedd eistedd wrth fwrdd a hwnnw'n llawn. Doedd y rig na dim arall yn mynd i gael amharu ar hynny. Ond gwthiodd Dylan y cwch ymhellach i'r dŵr wrth beidio dweud dim am gyfnod, ac yna torri'r distawrwydd.

"Mi fasa'n tynnu sylw er mwyn cal pobol yno, ac i ddangos yn lle ryda' ni'n sefyll."

Syllodd Ifan arno, ac yna ar Bethan a geiriau Dylan yn cataleiddio'r tensiwn rhyngddynt, ac fe wyddai hithau na wnaeth y geiriau cynnil lenwi dim ar y bwlch oedd yno. Doedd dim dewis ond wynebu'r frwydr.

"Ella na fydd dy dad yno chwaith ysti, a dydi o ddim yn hawdd yn 'i swydd o, cofia."

"Mi fydd pawb yno Mam, pawb sydd â mymryn o asgwrn cefn a chydwybod am y lle 'ma," a'r sbeit a'r siom yn gymysg yn y geiriau.

Oedodd Ifan cyn dweud na gwneud dim a syllu'n hir ar Bethan. Fe fyddai rhefru'n giaidd a chaled ar Dylan yn ei brifo, ac roedd arno ofn hynny, ond weithiau roedd yna reidrwydd i ddweud, brifo neu beidio. Nid dweud er mwyn mynegi ei deimladau ei hun chwaith, ond dweud beth oedd ar dafod gwlad, ac i brofi bod dwy ochr i bob ceiniog. Fu rhannu ei deimladau erioed yn un o'i gryfderau, yn enwedig felly a sefydlogrwydd swydd a bodlonrwydd canol oed yn dynn amdano. Gwasgu geiriau yn gyndyn rhwng dau damaid wnaeth o, a hynny heb godi ei lais nac edrych ar neb.

"Na, fydda' nhw ddim yno. Fydd pawb ddim yno, coelia fi. Ma' 'na rai o gwmpas 'ma sy'n crefu am y lanfa am 'i bod nhw 'i hangen hi, a fydda nhw ddim yno, Dylan."

"I hangen hi?" fel pe bai hynny'n amhosibl.

"Ia, 'i hangen hi."

"Pwy felly? Enwch un heblaw Ned Huws."

"Ma' 'na amal i Ned Huws, llawar mwy nag w't ti'n feddwl."

"Go on 'ta, enwch rai." Roedd her Dylan yn amlwg yn ei wyneb ac yn ei ystum hefyd.

"Josh Tŷ Pella'n un."

"Hy! Hwnnw."

"Ia, hwnnw Dylan. Fo a'i debyg a wyddost ti pam?"

"Deudwch chi."

"Am 'i fod o angan petha' i gadw'i deulu wrth 'i gilydd. I gadw'r wraig a'r plant 'na s'gynno fo. Petha bach syml fatha bara, caws a llefrith. Peth hen ffasiwn 'i ddeud ella, ond fuo fo 'rioed yn un i ista ar 'i dîn a gneud dim. Ond dyna mae o'n neud rŵan a ma'gas gynno fo fod felly, fo a sawl un arall. Dyna i ti pam na fydd o na llawar un arall yno."

Y hi oedd biau'r ddau, ei chariad hi a Ifan oedd Dylan, yr unig gynnyrch, a doedd hi ddim am i'r geiriau droi yn gweryl anodd rhwng y ddau. Ac eto roedd gan y ddau hawl i'w syniadau, fel roedd ganddi hithau. Fo, Dylan oedd ei ddoe hi a fo oedd dyfodol Ifan a hithau hefyd. Fe wyddai Bethan yn iawn am deulu Josh Tŷ Pella, gwybod yn well na neb bron. Roedd hi wedi eu dysgu pan oedd y tri yn ddim o bethau, plant bach eiddil, swil a heb fod yn drafferth i neb erioed. Dylan dorrodd ar draws ei meddyliau.

"Joban dros dro fydd hi 'te? Iddo fo a pawb arall yn y lle 'ma. Unwaith bydd y lanfa wedi 'i gorffan, joban i bobol erill fydd wedyn."

Mynnu dal ei dir roedd Dylan a'r her ifanc yn cwmpasu

pob gair. Ofnai Bethan i Ifan ddechrau meddwl mai adleisio ei daliadau a'i syniadau hi roedd Dylan yn ei wneud, wedi'r cyfan tebyg iddi hi roedd pawb wedi ei weld o'r diwrnod cyntaf. ' Hogyn 'i fam ydi hwn bob tamad.' Osgo'i fam oedd ynddo hyd heddiw hefyd. 'Rhannwch o Mam,' oedd o wedi ei ddweud yn y car y diwrnod o'r blaen, fel petai hynny'n rheidrwydd arni, ac erbyn meddwl efallai mai ei chefnogi hi roedd o rŵan hefyd.

"Ond joban fydd hi 'te Dylan, dros dro ne' beidio, a cheiniog reit dda yn 'i chynffon hi hefyd, a chofia boi ma' joban felly fydd dy un ditha' hefyd prun bynnag a be' bynnag gei di, yn enwedig y dyddia' yma."

Roedd min casineb ar eiriau Ifan erbyn hyn, er iddi eu clywed o'r blaen sawl tro pan fyddai hen ddadleuon yn codi, ond dim ond wrthi hi a neb arall roedd Ifan wedi ei dweud o'r blaen. Weithiau roedd casineb yn wefr, ond doedd Ifan ddim wedi gorffen dweud ei ddweud.

"Deud wrtha'i Dylan i be' mae dy addysg di'n da os na chei di gyfle i'w ddefnyddio fo? Ella basa 'na swydd i ti efo'r cwmni'r olew 'ma a hynny yn dy gynefin yn fan yma. Dyna fasat ti'n lecio 'te? Aros yn y fan yma, ne' dyna w't ti'n ddeud beth bynnag."

Greddf amddiffynnol y fam oedd ynddi erbyn hyn, ei hogyn hi oedd o, hi oedd wedi ei fwydo fo ar ei bronnau, wedi ei siglo i gysgu ambell noson hir, wedi ei fagu ac wedi ei ganmol a'i geryddu hefyd, a dyma fo yn meithrin ei chydwybod gymunedol hi yn wyneb geiriau caled ei dad. Mentrodd.

"Ifan bach nid ein cynefin ni fydd o os daw'r lanfa yma. Cynefin pobol ddŵad fydd o wedyn. Fedri di ddim gweld hynny?"

Gair od oedd cynefin i Ifan, gair na allai ei ddirnad ei

ystyr yn iawn, a bron nad oedd iddo fo dinc crefyddol ei naws fel ambell i air o bwlpud. Yr un oedd ei gynefin o a Bethan i fod, a chynefin Dylan hefyd o ran hynny. Cynefin pobol fel Josh oedd o hefyd ac eto dyma nhw yn mân ddadlau yn ei gylch.

"Ma' Porthoer yn gynefin inni tydi? Ond fuo ni yno 'leni? Naddo siŵr Dduw, dim cythral o beryg. Cynefin pawb ydi o erbyn hyn 'te a fasa glanfa yn newid dim ar hynny na fasa?"

"Mi a'i yn y gaea' pan fydda nhw i gyd wedi mynd." Ond fe wyddai Bethan yn iawn mor wir oedd geiriau Ifan, ac roedd hynny'n bryder.

"Pwy ddiawl sydd isio glan môr yn y gaea'?" Gwthiodd Ifan ei blât i un ochr, ac er syndod i Bethan fe welodd fod gweddill wedi ei adael i geulo'n araf ar yr ymyl. Anaml iawn byddai Ifan yn gadael dim, ond roedd y gadael hwnnw'n brifo.

"Fi yn un. Fi a'r gwynt yn fy ngwallt os ca'i gyfla," a hynny gan obeithio cryfhau ei safbwynt.

"A'r jets 'na yn is na'r gwylanod."
Wnaeth hi erioed feddwl bod Ifan wedi cymryd cymaint o sylw o'r awyrennau o'r blaen, dim ond dygymod â nhw yr un fath a llawer un arall, fel tasa nhw wedi bod o gwmpas erioed.

"Dwi'n mynd i'r cyfarfod 'na i ddangos lle rydwi'n sefyll, a dyna fo."

"Ma' pawb yn gwbod yn lle rw't ti'n sefyll Beth, ond ella llusga inna yno hefyd, ond nid i ddangos f'ochor chwaith." Taflu ei eiriau atynt wnaeth Ifan, ac yn amlwg wedi cael digon ar y sgwrs am y tro. Llowciodd Dylan weddill ei fwyd a mynnu'r gair olaf heb ganmol na diolch am y pryd.

"Dim ond ella, ia, Dad? A be'newch chi wedyn tybad? Llyfu tîn Huws Cownsul a gobeithio cal codiad bach yn y cyflog, ia?"

Roedd y tawelwch wedyn yn llethol, a bron â mygu Bethan, a wyddai hi ddim sut i'w dorri chwaith heb greu mwy o gynnwrf. Nid dicter yn unig oedd yn wyneb Ifan wrth i Dylan godi a gadael y bwrdd, roedd yna lawer mwy na hynny a'i dalcen yn rhychau hir wrth i haul melyn gyda'r nos euro'r sglein ar y dodrefn o gwmpas y tri. Fu Ifan erioed yn brin o gefnogaeth iddi, ei garedigrwydd yn hurt ar brydiau er bod awch y dyddiau cynnar wedi cilio ac oeri bron yn llwyr. Prin y gwnaeth o lygadu neb arall chwaith, nid yn ei chwmni hi, ond wedi ei chael roedd o wedi bodloni yn fuan iawn, yn rhy fuan efallai, a syndod i rai oedd iddo ei chael o gwbl.

"Ifanc ydio ysti Ifan, a ma' isio mynadd."

"Ia ma' siŵr, ond ma' isio mwy na 'mynadd. Ma' isio arian ar bawb."

Cuddiodd yn ddigon cuchiog tu ôl i'r papur bro cyfredol. Wrth i Bethan droi i olchi'r llestri budron fel petai ddoe yn gwneud y tro, syllodd ar ei modrwy briodas yn sgleinio rhwng y distrych ar wyneb y dŵr, ond fe wyddai bod llawer mwy i briodas na modrwy ddrud yn sglein i gyd.

Clamp o ystafell oedd hi yn llawn o olau meddal melyn y machlud, a gweddillion y dydd yn diflannu'n araf i'r môr. Stribedi o olau hirfain yn mynnu cyrraedd i sawl cornel ac yn meiddio dangos mymryn o lwch yma ac acw, hyd yn oed mewn gwesty da fel y Crown. Doedd dim gwesty fel hwn yn y dref ers talwm, dim ond tafarndai digon plaen yr olwg ac aroglau cwrw cryf a diota wedi cydio a suddo i bob dist a chadair dywyll. Anaml byddai neb yn aros yno chwaith, dim ond ambell drafaeliwr ar daith obeithiol arall, neu fel arall lleoedd am beint bach sydyn neu lymeitian yn dawel mewn cornel yr oedd bron bob tafarn. Ond roedd y tair seren aur uwchben prif fynedfa'r Crown yn addewid am dipyn mwy na hynny.

Roedd Huw wedi cael sgowt sydyn o gwmpas y dref ar ôl cyrraedd a dechrau setlo, troedio hen gynefin ac adnabod neb na phrin adnabod ambell stryd chwaith. Canlyn ei drwyn a hel atgofion mewn enwau, mewn ambell ddrws a ffenestr er bod pethau felly wedi newid hefyd. Cofio amser pan oedd y dref yn anferth ei maint yn ei olwg a'r strydoedd yn hir a llydain. Yma ar y strydoedd roedd popeth yn digwydd rhywsut, y da a'r drwg yn gymysgfa apelgar.

I'r dre' y byddai pawb yn mynd wrth adael Llŷn, a dod yn ôl i'r dre' y byddai pawb wrth ddychwelyd hefyd. Pan fyddai achlysur neu ddigwyddiad arbennig, i'r dre' yr âi pawb. Dillad angladd, tei du, dillad priodas, sgidiau sglein, banc, twrnai, a fferins mewn papur yn lle rhai rhydd mewn bagiau gwyn fel y rhai oedd ar gael yn y siop bach leol – oedd, roedd popeth yn dre' ar gyfer pawb, pwy bynnag oedd o. Tafarn, capel, eglwys, ffair, comics a llyfrau, pechod, gobaith, siom, pobol yn rhegi'n gyhoeddus uchel, cymysgfa felly oedd y dre' yn ystod ddoe. Ond nid heddiw. Erbyn hyn pethau bob man oedda' nhw, a'r un enwau oedd ar y siopau ym mhob tref, ac nid enwau'n unig oedd yn debyg chwaith.

Yn y dre' roedd y genod ddoe hefyd, rhai yn feiddgar iawn yn ôl yr hogiau mawr oedd yn deall pethau felly. Rhy feiddgar o lawer yn ôl ei fam. Ond roedd y Palladium wedi cau am byth a'i freuddwydion seliwloid wedi diflannu y tu ôl i'r drysau mawr. Ddoe roedd yr enw bron â bod yn gyfystyr â phechod yn enwedig o gofio enwau fel Pisgah, Smyrna a Horeb, ond siop oedd y Palladium bellach. Anferth o siop a'i phosteri a'i phrisiau yn ddeniadol a lliwgar a'r tyrfaoedd yn heidio yno. 'Daz' yn lle bu Dorothy Lamour, 'Persil' lle bu Peter Lorre a 'Brillo' lle bu Betty Grable yn goesau ffantastig i gyd. Dim ond tri phris oedd yno ers talwm, tair gradd ar y nefoedd yn swllt a naw, hanner coron a thri a chwech, ac ambell dro roedd y nefoedd yn hynod o rad am hanner coron.

Roedd o wedi loetran o flaen y Palladium am ychydig a'r atgofion yn llifo. Yma bu Hopalong Cassidy yn codi'r llwch o'r paith ar aml i brynhawn Sadwrn. Yma bu Al Jolson a'i wyneb llnau simdde yn canu ei ganeuon, a phrin bod gan yr un eneth goesau fel Debbie Reynolds chwaith. Wel, dim ond un efallai. Yma ar nosweithau o Sadwrn bu hen, hen addewidion o gariad am oes yn cael eu sibrwd rhwng ambell gusan swil gan rai oedd yn rhy ifanc i wybod yn well. Ond peth hawdd iawn oedd gwneud addewid pan oedd dyddiau'n las a dwylo'n gynnes. Hebron deirgwaith a'r Palladium unwaith oedd trefn syml pob penwythnos bron, ac er bod digon o sôn am nefoedd o gwmpas seddau pren caled Hebron, fe wyddai Huw a llawer un arall nad uffern oedd yn y seddau coch tywyll y Palladium chwaith. Unwaith fe wnaeth yntau addewid yno. Dim ond unwaith.

Dim ond er mwyn diddordeb roedd o wedi dod â'r llun hefo fo, ac yn ôl yn yr ystafell yn y Crown yr agorodd ef yn araf a'i ymestyn ar y gwely o'i flaen a rhoi llyfr trwm i ddal un pen ar agor cyn rhedeg ei fys o wyneb i wyneb ac o enw i enw ar hyd y llun hir. Stribed o lun oedd o, wedi dechrau melynu o gylch yr ymylon gyda'r blynyddoedd, ac enw'r ysgol mewn llythrennau breision trwm ar ei waelod yn gyfochrog â'r flwyddyn a'r bathodyn swyddogol ar ffurf tarian yn amlwg ddigon. Sawl gwaith roedd o wedi bwriadu ei daflu, yn enwedig felly wrth symud cartref. Efallai mai dyna a wnâi ar ôl y daith yma. Rhes o athrawon heb wên ar gyfyl yr un wyneb yn eistedd gyda'u dwylo ymhleth fel set o jygiau Toby ar silff ganol dresel Nain, a thu ôl iddynt pedair rhes o blant a wybu lawenydd llwyddiant a siom methiant. Rhan o'i genhedlaeth o yn fwndel o ddiniweidrwydd a direidi, a'i atgofion yntau yn drên ar gledrau'r blynyddoedd.

Faint oedd yn dal yma ac wedi aros yn eu cynefin, tybed? Faint o'r rhai hynny fyddai yn ei gefnogi pan ddeuai'r amser, faint fyddai yma i roi barn, a faint fyddai yn ei gasáu a'i ddiawlio yn enwedig ag yntau yn un ohonynt? Twm Bach yn y fan acw yn llawn direidi ac o dalent hefyd, ei wallt yn fythol fler a'i wên yn dragwyddol. Y peth hawddaf yn y byd oedd cofio rhai, tra roedd eraill mor ddieithr â'r yfory o ran enw a wyneb hefyd. Mai Hughes yn edrych yn llawer hŷn na'i phymtheg oed, ei choler wen yn startsh i gyd a thristwch na wyddai ond yr ychydig amdano yn y llygaid mawr. Gwenda, Rhys, Maud, Ifan a Dilys a'r hogan oedd yr ifaciwî cyntaf i gyrraedd y pentref. Ond roedd adnabod un wyneb yn hawdd, yno yn y rhes gefn a'i gwallt tywyll yn gawod tros ei hysgwyddau ac esgus o wên ar ei gwefusau.

Edrychai'n ieuengach mewn jîns ffasiynol golau a siwmper dywyll er nad oedd y blinder a'r lludded wedi gadael ei llygaid yn llwyr.

"Early bird ia, Dr Lloyd? Allan yn gynnar bora 'ma."

"Habit. Sori, arferiad."

"Ydi'r rŵm yn plesio?"

"Fine, ond ga'i ofyn cymwynas?"

"W'th gwrs," a mymryn o ddireidi yn llenwi llygaid Wendy.

"Oes ganddoch chi ffacs yma?"

"Dau fel ma'n digwydd, ac e-mail."

"Pan ddoi'n ôl."

"Fyddwch chi'n hir?" Fel pe bai am gynnal y sgwrs ymlaen.

"Dibynnu. Cerdded hen lwybrau heddiw, os galla'i gofio lle maen nhw."

Symudodd Wendy allan o'r cyntedd bach oedd tu ôl i'r ddesg a chynnig pentwr o fapiau lleol iddo, mapiau twristaidd eu naws ac yn lliwgar gelwyddog i gyd, ond gwrthododd yntau y cynnig heb feddwl braidd.

"Na, mae gen i fapiau da, diolch."

"Dim angen help felly," a throi ei chefn arno cyn dychwelyd yn ôl at ei desg yn gyflym fel pe bai wedi ei siomi a hyd yn oed wedi ei brifo.

"Os na wyddoch chi am lwybrau sydd heb fod ar fap." Roedd ei eiriau bron â bod yn ymddiheurad cynnil.

"Local ydach chi, 'te?"

Wyddai o ddim yn iawn sut i ymateb gan fod y geiriau bron â bod yn gyhuddiad, a'r cwestiwn wedi ei ofyn mor sydyn a phendant.

"Oeddwn i. Mae o'n ..."

"Dwi'n gwbod."

"Sori. Gwybod be'?"

"Gwbod pwy ydach chi, a be' 'dach chi'n neud. Y rig 'na 'te. Dyna pam rydach chi yma. Dwi'n iawn?"

77

Doedd fawr o bwrpas gwadu, ond eto roedd hi'n rhy fuan i ddweud y cyfan. Llithrodd esgus o wên ar draws ei wyneb wrth iddo edrych i fyw ei llygaid.

"Peidiwch â dweud wrth pawb, ddim rŵan beth bynnag."

Bron nad oedd ei eiriau'n orchymyn a thynnodd hithau ei llygaid oddi arno.

"Gwbod 'na nhw reit fuan, lle felly ydio ylwch, fel dwi'n gwbod. Ella bod 'na rai, cofiwch."

"Yn gwybod yn barod?"

"Llwybrau o'n i'n feddwl. Amball le na wyddoch chi ddim am 'i fodolaeth."

"Efallai gnewch chi ddangos i mi rhywdro?"

Cododd Wendy ei phen yn araf a'r mymryn lleiaf o wrid ar ei gruddiau. Roedd y gwahoddiad yn amlwg.

"Pan fydd gen i 'day off' ella."

Cyn iddo gael cyfle i ymateb fe ganodd y ffôn ar ei desg, ond fe gymerodd Huw rai o'r mapiau oedd hi wedi eu gadael fel pe bai am ei phlesio, cyn cerdded allan at ei gar. Prin y byddai angen map arno chwaith, ond eto roedd Llŷn ac yntau wedi newid ac nid mater o gerdded hen lwybrau fyddai'r diwrnod yma. Roedd croeso Wendy'n ddigon amlwg ac fe allai ddefnyddio hynny er mantais iddo'i hun, yn enwedig gan ei bod wedi sylweddoli pwy oedd, ac fe fyddai tacteg o'r fath yn cael cefnogaeth frwd gan Premier, defnyddio pobl leol er mwyn cael cefnogaeth, a sawl gwaith roedd o wedi gwneud hynny yn ystod ei deithiau. Strategaeth dda oedd hynny ac wedi talu ar ei ganfed o'r blaen a chael ei bwysleisio ar sawl cwrs busnes y bu arno wedyn. Defnyddio Wendy yn y ffordd iawn a bod yn ofalus wrth wneud hynny, dyna fyddai'n holl bwysig o hyn allan, yn enwedig a hithau wedi synhwyro pwy ydoedd. Unwaith y deuai pobl i ddeall a gwybod pwy ydoedd a beth oedd pwrpas ei ymweliad yna fe fyddai'n bwysig deall a gwybod y farn gyhoeddus, nid yn unig amdano fo ond am yr holl brosiect yn ei gyfanrwydd. Roedd Wendy mewn lle cyfleus iawn i gael gwynt y farn honno. Fe fyddai'r Wasg yn bwysig hefyd, nid gweisg Llundain a Manceinion ond y wasg leol, ac fe fyddai gorfod eu trin ar y lefel yna yn wahanol. Hogyn lleol oedd o, wedi dod yn ôl i'w hen gynefin ac wedi llwyddo yn y byd mawr tu allan. Wedi dod yn ôl i ganol problem, yn rhan hanfodol o'r broblem honno, a'i benderfyniadau yn mynd i gael effaith ar bawb a phopeth o'i gwmpas. Bradwr, gwaredwr, gelyn, cyfaill, fe fyddai'n bopeth i rai ac yn ddim i eraill. Fe allai cyfeillgarwch Wendy fod yn bwysig.

Prin bod yr hen dref wedi deffro'n iawn er fod yna arwyddion bod hynny'n dechrau digwydd hefyd. Trodd y car i gyfeiriad y stesion a mynd heibio'r peiriant gwyrdd a melyn oedd yn casglu sbwriel ddoe i'w grombil oddi ar y stryd ac yn golchi'r palmant. Gwylan neu ddwy yn hyderus dalog am frecwast blasus wrth i'r llanw lenwi'r rhigolau yn y llifbridd. Tybed a oedd yr un hen arogl yn aros yng nghyntedd y stesion? Nag oedd, mae'n debyg erbyn hyn. Aroglau stêm a pheiriant, arogl metel ar fetel a hen fwg glo caled wedi treiddio i'r distiau ac i bob cornel wrth i drenau trwsgl ddoe gario plant Llŷn at eu breuddwydion a'u gobeithion, neu eu dychwelyd at y cynefin ac ambell siom anodd ei derbyn.

O'r fan yma roedd yntau wedi cychwyn a gadael am y tro cyntaf, gwthio ei ben allan trwy'r ffenestr gul a llychlyd a gweld ei dad a'i fam fraich ym mraich, y chwiban dreiddgar sydyn cyn i'r trên ddechrau ymlafio'n swnllyd. Yna'r stêm gwyn isel yn eu cuddio am foment cyn eu gadael fel drychiolaeth yn y pellter. Fan yma roedd y llinell rhwng yfory a ddoe, rhwng Llŷn a Llundain, rhwng byw a bywoliaeth, a hyd heddiw wedi aros yn yr union le. Ond heddiw dechrau taith arall roedd yntau unwaith eto, ac ar ôl y cychwyn yma fyddai yna ddim troi'n ôl i neb ond iddo fo ei hun. Y fo fyddai'n penderfynu sut ddyfodol fyddai i'r ardal yma a'i phobl, penderfynu ac yna gadael, a gwybod y byddai'r gadael hwnnw'n adael terfynol.

Llais ysgafn merch ar y radio yn y car a ddaeth â terfyn ar ei hel meddyliau, a'r llais hwnnw'n addo diwrnod eitha' heulog ar y cyfan, awel ysgafn o'r môr ac efallai gawod neu ddwy o law mân cyn nosi. Rhoddodd Huw ei droed yn ysgafn ar y sbardun a gadael i'r hen dref ddechrau deffro.

"Dydi'o ddim yn dangos ei hun, nag ydi?"

"Be' ti'n feddwl?"

"Car digon disylw sgynno fo 'te. Meddwl na fasa neb yn sylwi ar un felly ma' siŵr. Am faint mae o yma, Wendy?"

Rhoddodd Prys Jenkins ei gamera yn ôl yn y bag canfas trwchus mor ofalus â rhoi babi mewn cot. Wedi'r cwbl, ei gamera oedd ei fywoliaeth. Lle gwych i gasglu straeon a chynnal sgwrs fanteisiol oedd y Crown, ac roedd codi'n gynnar wedi talu ar ei ganfed y tro yma. Rhyfedd fel roedd tafodau'n llacio ambell dro yn enwedig ar ôl peint neu ddau. Camera a chlust dda a llygaid gwell oedd wedi cadw Prys mewn gwaith ers blynyddoedd bellach. Hynny a thalu am ambell ddiod, ac er y gallai fod wedi cael swydd a dalai'n well ar ddiwedd mis, roedd pobl Llŷn, y tirwedd a'r traethau wedi bod yn hynod garedig a chyfleus iddo. Lluniau Prys Jenkins oedd wedi cyflenwi'r calendrau lleol ers amser bellach a nifer ohonynt wedi gweld eu ffordd i hongian ar furiau yn Wigan, Warrington a Widnes ar ddiwedd haf pan fyddai'r ymwelwyr eisiau rhywbeth i gofio am wyliau. Gallai weld y lluniau yn melynu'n araf erbyn diwedd blwyddyn a bron na allai glywed 'Aye, we 'ad a bloody good time there luv,' wrth i ambell un syllu ar ei *Memories of North Wales*.

Ond fe wyddai golygyddion papurau dethol mawr Llundain am dalent Prys hefyd, a phan ddeuai 'byddigions', chadal ei fam, i'r ardal ar ambell dro prin, fe fyddai'n sicr o alwad neu ddau a thâl hael hefyd ar ddiwedd mis. Dyn bach digon disylw oedd o hefyd, fawr ddim i'w nodweddu heblaw am ei lygaid treiddgar ac aflonydd. Ond roedd bod yn ddisylw yn gallu bod yn fantais ar brydiau, er y byddai'n fodlon iawn gallu dal sylw Wendy petai ond am un noson. Sawl tro roedd o wedi crefu am gael tynnu llun ohoni a hynny gyda winc neu ddwy, ond fe wyddai hithau'n iawn pa fath o lun oedd gan Prys dan sylw.

"Meindia dy fusnas Prys bach, nei di," meddai Wendy yn llawn esgus o brysurdeb.

"Duw paid â phoeni dim 'nghariad i, ma' nymbar 'i gar o gen i rŵan tydi, a fydda'i fawr o dro'n rhoi hwnnw i hogia'r inc ysti. Plesia dy hun neu beidio."

Fe wyddai Wendy'n iawn am ddau reswm o leiaf pam y byddai Prys Jenkins yn hel ei draed 'Hush Puppies' o gwmpas y Crown. Roedd hi wedi sylwi arno fore ar ôl bore yn slotian ei goffi gyda dau siwgr mor araf â gwên trempyn yng nghornel bellaf y bar. O'r fan honno cadwai lygaid barcud ar y mynd a'r dod o gwmpas a sylwi ar bwy bynnag ddeuai i'r gwesty, a phwy oedd yn gadael hefyd. Neu yn bwysicach fyth i Prys, pwy oedd yn cyrraedd neu adael gyda'i gilydd. Nid yn aml y byddai llun yn dweud celwydd.

Doedd dim amheuaeth ym meddwl Wendy erbyn hyn beth oedd pwrpas arhosiad y Doctor Huw Lloyd yn y Crown, a doedd o ddim wedi gwadu hynny chwaith er iddo ofyn iddi beidio â dweud mwy wrth neb am y tro. Ond roedd yn amlwg bod Prys Jenkins a'i debyg wedi dechrau rhoi dau a dau wrth ei gilydd hefyd, ac roedd hynny'n ei phoeni. Dim ond gobeithio na fyddai Doctor Lloyd yn meddwl mai hi oedd yn gyfrifol am roi'r gair ar dafod y dref.

Efallai y dyliai gael gair gyda Bethan. Ond eto datgelu pethau fyddai hynny hefyd, a chreu sefyllfa anodd o gofio'r gwrthwynebiad oedd ganddi i'r rig o'r dechrau. Dweud wrth Doctor Lloyd am gastiau Prys fyddai orau mae'n debyg, ond fe fyddai hynny yn eitha' anodd, rhag ofn iddo feddwl ei bod hithau'n hael gyda'i chyfrinachau.

Tri diddordeb mawr oedd gan Prys, lluniau da, stori dda a phres gwell ac roedd y Crown cystal lle ag unman i gael dau allan o'r tri beth bynnag. Fe ddeuai'r pres yn rhwydd wedyn. Roedd aroglau'r tri o gwmpas y Doctor Huw Lloyd, ac fe fyddai lluniau da yn fonws bach derbyniol iawn. Cael y stori'n iawn pan oedd hi'n newydd oedd yn holl bwysig, ac os oedd ei ddamcaniaeth yn iawn, yna roedd o ar drywydd diddorol iawn y tro yma. Dim ond cael Wendy i gydweithredu oedd ei angen, ac fe fyddai'n rhaid penderfynu ar y ffordd orau i sicrhau hynny. Llun da fyddai'n cryfhau'r stori, yn rhoi cig ar yr esgyrn fel petai.

Ond fe wyddai bod angen mwy na llun hefyd, roedd angen ffeithiau pendant, ac er bod rhif y car ganddo i'w gadw ar y trywydd cywir, fe wyddai i sicrwydd mai Wendy oedd y ffynhonnell orau i'w obeithion. Dim ond dechrau'r stori oedd heddiw, ond roedd yn ddechrau da, ac roedd hynny'n hwb i Prys.

'Mae Cwmni Olew Premier o'r Unol Daleithiau wedi penodi y Doctor Huw Lloyd yn Brif Archwilydd ar gyfer y dasg o gael safle pwrpasol i lanfa olew neu nwy ym Mhenrhyn Llŷn os y penderfynir bwrw ymlaen gyda'r prosiect. Mae hyn yn deillio o'r gwaith ymchwil sydd yn cael ei wneud yn yr ardal ar hyn o bryd. Mae'r Doctor Lloyd yn enedigol o Lŷn a bydd yn dechrau ar y gwaith yn ystod yr wythnosau nesaf. Gobeithiwn gael gair gydag ef yn y dyfodol agos. A'r tywydd i gloi. Disgwylir cyfnodau...'

Cododd Dylan yn gyflym o'i gadair a rhoi taw ar y radio cyn sefyll yn gefnsyth o flaen y ffenestr a wynebai'r môr. Fe fyddai ei fam yn ôl cyn hir, y gwrid ar ei gruddiau fel arfer a'i gwallt yn draphlith ar ei hysgwyddau. Ac fe fyddai ganddo newyddion iddi. Fe fyddai ganddo fygiad o goffi poeth ar ei chyfer hefyd er mai prin y byddai hwnnw na dim arall yn lleddfu dim ar boendod y newyddion.

Pan ddaeth roedd golwg siomedig arni fel pe bai'r rhedeg boreol yn dechrau troi'n faich arni, a phrin y cafodd air ganddi wrth iddi frysio i gyfeiriad yr ystafell ymolchi a chau'r drws yn glep. Edrychai'n well wrth iddi ddychwelyd.

"Chwaneg o lefrith ynddo fo?"

"Dim diolch. Ddyliwn i ddim cal hwn," a hynny'n eitha' swta.

"Be' sydd?"

"Dim byd mawr, ysti."

"Ond ma' 'na rwbath Mam."

"Criw ar y traeth 'na, dim byd arall."

"Be' amdanyn nhw?"

"Hogia rhan fwya', o'r parc carafanau dwi'n meddwl."

"Rydan ni wedi deud digon, 'nhad a finna'. Ddyliach chi ddim mynd lawr 'na ar ben eich hun o hyd. Be' naethon nhw?"

"Paid â phoeni hogyn, 'naethon nhw ddim byd o gwbl dim ond rhedag tu ôl i mi a gweiddi."

"Gweiddi be' felly?"

Bron nad oedd yna ddicter yn ei lais, ac fe sylweddolodd Bethan hynny.

"Petha' digon di-chwaeth."

"O ia. Be' felly?"

"Hogia ydi hogia 'te, ond o leia' mi sylwon nhw ar fy nghoesa' i. Ydwi'n 'Supergran' dŵad?"

Roedd mymryn lleiaf o wên yn dod erbyn hyn, ond diflannu wnaeth honno hefyd gyda'r geiriau nesaf.

"Wyddost ti be', Dyl, mi fydda' i'n falch o weld cefn yr haf 'ma a phawb o'r ymwelwyr 'ma wedi gadael. Ac eto ma' gas gen i feddwl am y gaea'n cyrraedd."

"Chlywis i mo'r geiria' yna o'r blaen."

"Naddo. Ond paid â meddwl ma' cwyno dwi chwaith."

"Be' 'ta?"

"Hel meddylia' wrth redag, a throi petha' yn fy meddwl ynglŷn â beth sy' o'n blaena' ni."

"Mewn geiria' erill, poeni. Poeni amdana' i?"

"'Chydig. Ac am betha' erill."

"Y rig a'r lanfa."

"Mi ddylia pawb boeni am betha' felly."

"Ond wnan nhw ddim. Be' ddeudodd nhad ar ôl i mi gerddad allan?"

Cymerodd Bethan lond ceg o goffi fel pe bai angen amser i feddwl arni cyn ei ateb, a hyd yn oed wedyn bu gosteg cyn iddi ddweud dim.

"Prin cafodd o gyfla i ddeud dim 'te, a be' fedra fo'i ddeud wedyn?"

Tinc o gerydd oedd yn ei geiriau, a throdd Dylan ei gefn arni am eiliad cyn troi yn ôl i'w hwynebu. Yr Ifan ifanc oedd yn ei lygaid erbyn hyn.

"Doedd 'na ddim arall i'w ddeud, Mam."

"Mi ddaw o i'r cyfarfod 'na ysti, gei di weld." Swniai'i geiriau fel ymgais i godi ei galon o a hithau.

"Ydach chi'n meddwl?"

"Dwi'n gwbod. Dwi'n gwbod daw o am mod i'n nabod o. Ddeudith o yr un gair ond mi ddaw yno."

"Be' ddeudwch chi yno?"

Her i'w phenderfyniad a'i phendantrwydd hi oedd geiriau Dylan, ac arafodd cyn i'r argae agor.

"Be' ddeuda i? Beth bynnag ddaw i fy meddwl ar y noson, a deud be' fydd angen ei ddeud. Un felly ydwi 'te? A wyddost ti be', ma' gen dy dad bwynt eitha' da am Josh Tŷ Pella a'i debyg cofia, er na fedrai gyd-fynd â be' ma' nhw'n ddeud. Fedra'i ddim. Fedri di feddwl am draeth heb na gwymon na chregyn arno fo? Fedri di? Mwy na meddwl am y pentra' 'ma heb bobol yda ni'n 'nabod yma, a dyna sy' wedi digwydd i lefydd llawer mwy na hwn 'te. Fama heb iaith, heb gymeriad, heb blant Cymraeg, a dyna sut bydd hi ynte? Fedrwn i byth ddiodda hynny. Byth."

Syllodd Dylan allan trwy'r ffenestr heb weld y gwrid yn codi i ruddiau ei fam, na'r migyrnau'n wyn o gylch y cwpan yn ei llaw.

"Ond mi fedra' nhad. Dyna ydach chi'n ddeud?"

"Wn i ddim am hynny chwaith, ond mae o'n gallu gneud heb lawar o betha'r dyddia' yma."

Roedd hi wedi dweud llawer gormod ac wrth sylweddoli hynny dechreuodd droi am ddrws y gegin pan ddaeth ei eiriau nesaf fel dwrn heb ei ddisgwyl.

"Ddaw'r Doctor Huw Lloyd 'na i'r cyfarfod tybed?"

"Be' ddeudist ti? Doctor Huw Lloyd?" Roedd ei llygaid yn pefrio wrth iddi ofyn y cwestiwn ond eto'n ceisio cuddio'r panig a deimlai wrth iddi sylweddoli beth oedd Dylan wedi ei ddweud.

"Ia, un o fama' ydi o medda' nhw. Dyna gythral o job 'te."

"A be' amdano fo?"

"Ar y newyddion bora 'ma. Y cwmni 'na sy'n rhedag y rig wedi benodi o i chwilio am le addas i'r lanfa – os bydd yna un. Faswn i ddim yn lecio bod yn 'i sgidia fo, ddim o bell ffordd. Mi fydd 'na lawar am i waed o, yn cynnwys ni'n dau. O! Gyda llaw ga'i fenthyg y car?"

"I be'?" Roedd ei meddwl yn drên.

"Isio picio i Fangor ydw'i."

Rhedodd iasau oer i lawr meingefn Bethan a gwasgodd y cwpan yn dynn yn ei dwylo wrth bwyso ar ffrâm drws y gegin. Bron nad oedd atal dweud arni a'i geiriau'n gymysgfa o sioc ac amheuaeth.

"Huw Lloyd yn dŵad yma. Dyna ddeudist ti 'te?"

"Ia. Ga'i fenthyg y car bach?"

"Pryd mae o'n dŵad?" Ac anwybyddu ei gwestiwn bron yn llwyr.

"Mae o wedi dŵad dwi'n meddwl, neu mae o'n dŵad reit fuan."

"Ar y newyddion oedd o?"

"Ia, ar y newyddion." A hynny heb sylweddoli ei gwewyr hithau yn ei frys i gael ateb. "Mi ro'i betrol yno fo."

"Cei siŵr iawn, ond..."

"Mi fydda i'n ofalus ar fy llw, ond ella nai aros ym Mangor. OK?"

Gadawodd hi yno yn ffrâm y drws mor ddisymud â darlun.

Trodd Bethan ei llygaid i gyfeiriad y cloc mawr a sylweddoli bod bron i hanner awr dda cyn y byddai'r bwletin newyddion nesaf. Fe fyddai Ifan wedi clywed y newyddion erbyn hyn mae'n debyg, prin bod dim sicrach yn enwedig o gofio bod y Cyngor yn cadw llygaid ar sefyllfa'r rig a'r lanfa a lefelau diweithdra'r ardal gyfan. Gwthiodd y ddau gwpan fudr i ganol y dŵr cynnes a syllu ar ei llaw ynddo. Coch fel gwaed briw newydd oedd y ddwy em ganolog yn ei modrwy dyweddïo, ac wrth iddi godi ei llaw yn araf o'r dŵr roedd pelydrau'r haul yn ddawns ynddynt, ac aur y fodrwy briodas yn uno ym mhrydferthwch y ddawns honno. Coch fu hoff liw Ifan erioed, ac er nad oedd hi yn or-hoff o'r lliw, ildio i'w ddymuniad o wnaeth hi ym Mangor y diwrnod hwnnw pan safai'r ddau yn eitha' swil o flaen y cownter yn dewis modrwy. Rhes fach dawel o berlau gwyn fyddai hi wedi ei hoffi, rhes fach fel teulu clos. Ond roedd y pris yn llawer uwch na chynnwys pocedi'r ddau, a bodloni fu raid. Bron nad oedd hi'n ofni lliw coch, lliw gwaed oedd o, lliw brwydr a rhyfel a lliw machlud. Ond roedd y fodrwy wedi aros yn galed goch dros y blynyddoedd.

Lliw ennill oedd coch i Ifan, rhuban coch y wobr gyntaf, ac yn y gystadleuaeth am law Bethan, y fo yn y diwedd oedd wedi ennill ei chalon a'i chorff, er na wnaeth o erioed fod yn frolgar am hynny wrth neb. Hi ddewisodd ei modrwy briodas, cylch o aur llydan melyn, ac er bod ôl trael a gwaith arni bellach fe sylweddolai bod mwy o sglein arni nag oedd ar eu priodas. Ond hel meddyliau canol oed oedd pethau felly, ac wedi'r cyfan mae'n debyg bod aml i briodas yn yr un cyflwr heb i neb gyfaddef dim. Sut fodrwy oedd gan wraig Huw tybed? Nid coch fyddai'r lliw yn ei modrwy dyweddïo'n sicr os mai Huw gafodd ei dewis. Pa liw fyddai Huw wedi ei ddewis ym modrwy Bethan tybed pe byddai'r amgylchiadau yn wahanol? Ond nid felly y bu pethau diolch i'r drefn, a doedd fawr o bwrpas hel atgofion fel yna er eu bod yn mynnu dod yn ôl weithiau pan fyddai pethau'n anodd. Fe wyddai mor anodd y byddai'r sefyllfa pan glywai Bethan am benodiad Huw, a doedd gan Ifan fawr iawn o awydd wynebu hynny. Ond cariad ysgol ac ychydig wedyn oedd Huw wedi'r cyfan, ac roedd gan pawb gariad felly. Roedd cariad ysgol ambell un wedi eu bodloni a pharhau am oes gyfan heb wybod na deisyfu cariad arall ac fe wyddai Bethan ac yntau yn iawn am rai felly. Tybed a fyddai hi wedi bodloni ar gariad Huw ac yntau ar ei chariad hithau? Merched lwcus ar y diawl oedd merched oedd yn gallu bodloni felly, er efallai nad lwcus oedd y gair iawn chwaith. Sut yr edrychai pobl ar ei briodas o a Bethan tybed? Pobl oedd yn cofio yr hen ddyddiau a rŵan yn gweld Huw yn dod yn ôl i ganol bywydau pawb. Roedd pawb wedi gweld mai fo, Ifan, oedd wedi bod o'i chwmpas erioed rhywsut, wedi aros amdani fel pe bai'n gwybod mai fo fyddai'n cael y gair olaf. Y fo oedd wedi anfon gair ar ôl gair a mwy yn ystod dyddiau coleg Bethan, wedi ei chroesawu gartref rhwng y tymhorau hynny, ac wedi gadael llonydd iddi pan fyddai arholiadau'n boendod ar bob gorwel. Wnaeth o ond prin holi am gariadon eraill chwaith, dim ond derbyn bod ei geiriau hi'n efengyl bob tro, er iddo hel meddyliau ambell waith pan oedd ei hesgusodion hi mor denau â niwl mis Mai. Ond yn y dyddiau hynny wnaeth o erioed ollwng gafael. Bodloni oedd o wedi ei wneud wedyn, bodloni ar bopeth oedd ganddo o'i gwmpas, a'r gafael wedi dechrau llacio ychydig.

Wrth i Dylan gasglu ei bethau ar gyfer ei daith i Fangor eisteddai Bethan yn y gadair wrth y ffenestr fawr a gweld y môr yn geffylau gwynion a'r gwylanod yn troi i'r tir mawr fel petaent yn paratoi am dywydd garw. Roedd hi ar bigau'r drain yn aros am y newyddion. Unwaith y gadawodd Huw yr ysgol a throi am goleg a gwaith, hogan Ifan oedd hi wedyn yng ngolwg yr hogia i gyd a sawl un arall o'i chwmpas. Cyfnod wedi dod i ben, a ddoe wedi dechrau cael ei anghofio. Wnaeth neb ofyn iddi am ddêt chwaith, dim ond Iestyn bach, a gwrthod wnaeth hi mor garedig â phosibl er bod hwnnw wedi syllu arni gyda'i lygaid mawr llonydd ddydd ar ôl dydd yn yr ysgol a wedyn. Phriododd o neb arall chwaith yn ôl yr hanes, dim ond gadael yr ysgol heb hyd yn oed ddweud gair wrthi a throi cefn ar ei gynefin. Yn ystod ei blwyddyn olaf yn yr ysgol ac arholiad ar ôl arholiad yn pwyso ar amser a chydwybod roedd hi wedi gwrthod Ifan hefyd, a dim ond unwaith neu ddwy roedd y ddau wedi cyfarfod yn y dref ar nos Sadwrn, a'i thad yn aros amdani oddi ar y bws ar waelod yr allt bach am hanner awr wedi wyth, yn llawn pryder.

Er mai prinhau wnaeth llythyrau Huw, bob tro y byddai gwaith ysgol yn fwrn arni ac yn ei llethu a dim na neb yn ei bodloni, rhedeg yn droednoeth at y Garreg Fawr wnâi hi bob tro, a stelcian yn y fan honno yn gwylio'r llanw'n troi ac yn gadael broc ar ei ôl. A rŵan roedd Huw ar ei ffordd yn ôl i beryglu'r Garreg Fawr a pheryglu pob carreg arall hefyd, heb sôn am y traeth cyfan. Beth fyddai ymateb Ifan tybed? Beth fyddai ei eiriau cyntaf heno pan fyddai'r newyddion ar dafod pawb? Ar draws blynyddoedd eu priodas, prin gythreulig fu'r sôn am Huw rhyngddynt, dim ond tynnu coes yn gellweirus ddigon pan fyddai America yn llenwi'r newyddion, ac Ifan fyddai'n gwneud hynny bob tro fel adlais o'r ffaith iddo gael y llaw uchaf.

"Diolch am y car Mam. Welai chi. O.K?"

"Ydi bob dim gen ti?"

"Bob dim s'gen i angen." Ac i ffwrdd â Dylan yn gorwynt o ieuenctid hyderus.

"Lwcus," meddai hithau dan ei gwynt wrth iddi wylio'r car bach yn diflannu i gyfeiriad y ffordd fawr.

Y cyfan wnaeth y ferch ar y bwletin newyddion oedd cadarnhau'r ffaith foel am ddyfodiad y Doctor Huw Lloyd i'w gynefin, ac roedd hynny bron yn newyddion ddoe erbyn hyn a phennawd llawer mwy cyfredol yn bwysicach i glustiau'r werin. Manylion oer a moel i bawb bron, ond manylion oedd yn gymysgfa o ofn a chwilfrydedd i Bethan, ac fe deimlai guriadau ei chalon fel drwm ysgafn ac yn gyffro i gyd. Yn ystod yr oriau a'r dyddiau nesaf fe fyddai rhywun yn rhywle yn dechrau cofio, yn trin a thrafod y sefyllfa yn ystod sgwrs, ac yn ei hatgoffa efallai am ddyddiau ysgol a hen gariad. Fyddai rhywun yn atgoffa Ifan hefyd tybed? Prin y byddai hynny'n ei blesio, ond heddiw doedd ganddi ond gadael i bethau gymryd eu siawns.

Roedd yr hen luniau i gyd yn y llofft fach sbâr yn rhywle, degau ohonynt blith draphlith mewn dau focs bregus fel amgueddfa wedi cau. Hen luniau heb ddyddiad nac enw yn unman ar eu cyfyl, ond roedd yr enwau a'r wefr yn eiddo iddi hi a neb arall. Nid lluniau taclus ar gyfer albwm i'w ddangos i ffrindiau a theulu agos oedd y rhain fel lluniau gwyliau, priodas a phlant, ond lluniau i'w byseddu yn yr oriau tawel, a'r allwedd i'r amgueddfa yn eiddo iddi hi a neb arall. Dim ond y hi allai eu gwerthfawrogi hefyd. Wnaeth hi erioed oreuro'r gorffennol a sôn am ddyddiau na fu eu tebyg, na rhamantu yn dragwyddol, ond doedd hi ddim wedi anghofio chwaith na cholli blas ar ambell atgof. Heno roedd Ifan yn gweithio'n hwyr ac fe fyddai cipolwg ar ddarlun neu ddau yn help i leddfu'r pryder am y dyfodol, ac i wthio'r yfory ychydig ymhellach.

Dyna lle roedd deuddeg ohonynt yn eu sgertiau bach cwta glas tywyll a'r ffyn hoci fel arfau yn eu dwylo, a Miss Parry yn famol ifanc yn y canol a'i hiwmor bron yn weladwy yn y llun. Gwenodd Bethan wrth gofio'r hwyl a'r holl gyfeillgarwch fu rhyngddynt yn enwedig felly ar ambell daith ar Sadyrnau yma ac acw i ysgolion eraill, yr ennill a'r colli, y chwerthin a'r dagrau, a dyna lle roedd hithau ynghanol y darlun yn rhyfeddol o ifanc.

Daliodd y darlun hyd braich oddi wrthi a syllu mewn hunanfodlonrwydd am eiliad. Na, nid dweud celwydd wnaeth Huw na Ifan chwaith wrth ganmol ei choesau, ac efallai nad oedd ryfedd yn y byd chwaith iddi dorri calon Iestyn bach. Rhyfedd ei bod weithiau yn lled boeni'n wirion am hynny ac am iddi wrthod ei gynnig swil hefyd.

Tybed a wnaeth o gadw'r hen ddarlun hirsgwar hwnnw o'r ysgol gyfan, ynteu ei rwygo'n yfflon a'i daflu mewn siom? Weithiau roedd cariad yn gallu bodloni a siomi yr un pryd.

Agorodd hithau'r darlun yn ofalus ac araf a gweld Huw yno yn y rhes tu ôl i'r athrawon, ei wallt yn flêr a'i dei fawr lydan yn flerach fyth. Ond roedd direidi ei ddwy flynedd ar bymtheg yno hefyd ar yr wyneb crwn. Ifan oedd ar ben y rhes yn dalsyth hyderus. Rhywle yng ngwaelodion y bocs roedd y llythyr olaf a gafodd gan Huw, a hwnnw wedi ei blygu mor ofalus â lliain cymun. 'Nghariad i,' yn ei sgwennu blodeuog a phob gair yn eglur a hawdd ei ddarllen er i'r papur ddechrau melynu gylch ambell gornel frau.

Eisteddodd Bethan o dan y ffenestr fechan a dechrau darllen unwaith yn rhagor, ond doedd dim angen darllen chwaith. Roedd yn ei gofio air am air. Am ddod gartref roedd o, dŵad yn ôl ati hi am bod anghofio'n anodd, a hithau wedi meddwl nad oedd ddoe yn golygu dim iddo bellach. Prin roedd o wedi sôn am gariad cyn hynny, dim ond manylion am ei swydd ac ambell le roedd o wedi bod ynddo, heb ddweud dim am hiraeth na dim felly. Y dasg anoddaf erioed fu ateb y llythyr hwnnw a dweud am ei haddewid i Ifan.

Pennod 5

Roedd hi wedi hanner bwriadu dweud wrth Bethan, ond peidio fyddai orau rŵan a chadw'r cyfan iddi hi ei hun am y tro beth bynnag. Dweud ar ôl iddi gael gair wyneb yn wyneb gyda Bethan efallai, er y byddai hynny'n ddigon anodd hefyd. Rhywdro fe fyddai'n rheidrwydd dweud y cyfan wrthi, dweud am wahoddiad y Doctor Huw Lloyd, dweud fel roedd hi wedi sylwi ar edrychiad Dylan arni sawl tro erbyn hyn ac iddi hithau weld llawer mwy na chyfeillgarwch yn yr edrychiad hwnnw. Roedd hi wedi dysgu peidio magu gobeithion bellach am unrhyw sefyllfa, dim ond derbyn y cyfan fel ag yr oedd, ond fe wyddai y gallai ei chysylltiad hi â Huw Lloyd neu â Dylan frifo Bethan i'r byw. A'i brifo hithau unwaith eto efallai.

Ond diwrnod i'r brenin fyddai heddiw, diwrnod i ymlacio a mwynhau, anghofio'r Crown a phob cyfrifoldeb arall a rhythu i wyneb haul ac i wyneb byd cyfan os byddai angen. Canolbwyntio ar heddiw ac anghofio pob ddoe a mwynhau, gan obeithio na ddeuai yfory â phroblem arall. Nid bod gwaith yn y Crown yn llawer o boendod chwaith ar y cyfan, dim ond ambell gwsmer anodd weithiau, ac fe sylweddolai Wendy yng ngwaelod ei chalon ei bod yn hynod o ffodus yn ei swydd o gymharu â nifer o'r rhai ifanc oedd yn cicio sodlau tenau ar sawl cornel, ac yn llymeitian aml i beint diangen. Anaml y byddai rhai felly'n dod i'r

Crown chwaith, roedd peint yn ddrytach yno, y gwydrau'n lanach a'r gwmnïaeth yn fwy dethol.

Ond eto, beth petai rhywun yn eu gweld, ac yn waeth na hynny'n dweud y cyfan wrth Bethan, yn enwedig o gofio ei gwrthwynebiad i'r rig a'r sôn am lanfa. Fe wyddai pawb bron am y gwrthwynebiad hwnnw. Fe sylweddolai hefyd faint oedd ei dyled i Bethan, y Bethan honno fu'n gymaint o gefn iddi pan ddaeth yn ôl o Lundain, a'r lle hwnnw'n dal hyd heddiw yn llawn siom a dagrau. Damia Llundain. Nid y ddinas ei hun efallai, ond y bobl o'i chwmpas, yn enwedig un. Rhywsut roedd Bethan wedi darllen y sefyllfa heb stilio a holi'n ormodol, wedi deall a derbyn heb gynnig atebion hawdd a defnyddio geiriau hawddach fel 'camgymeriad' ac 'anghofio', bron fel pe bai wedi cael profiad felly ei hun. Fe fu'r geiriau yn fwy na charedigrwydd pan fyddai dagrau'n mygu Wendy a'i chorff yn igian yn dawel.

"Cria fo allan Wendy, cria nes ma dagra'n cau a dŵad, a mi fyddi di'n well wedyn."

Doedd ganddi ddim cof o weld dagrau ar wyneb Bethan erioed, ond mae'n siŵr mai dim ond Ifan oedd gan yr hawl i weld hynny. Ifan a neb arall. Pethau preifat oedd dagrau i rai. Ac eto roedd Bethan wedi sôn am ddagrau tu fewn, ond wnaeth Wendy erioed ddeall pethau felly.

"Huw, gyda llaw, nid Doctor Lloyd. OK?"

Dyna oedd o wedi ddweud a hynny'n bendant iawn fel geiria' Nain ers talwm pan oedd honno'n rheolau a chynghorion i gyd, fel tasa ganddi'r hawl i ddweud wrth bawb sut i fyw. Sôn am beidio gwneud hyn a pheidio gwneud y llall, heb erioed ddweud am bethau oedd i'w gwneud. Trueni na fyddai hithau wedi dweud 'na' hefyd yn lle gadael, ac fe fu talu'r pris am y gwneud hwnnw'n egr ac anodd. A dyma hi wedi dweud 'Gwnaf' unwaith yn rhagor pan ofynnodd Huw Lloyd iddi ddangos ambell lwybr iddo.

"Mi ddowch felly, Wendy." Roedd ei lygaid yn wên ac yn llawn diolch wrth iddi gydsynio i dreulio amser yn dangos a dilyn ambell lwybr iddo.

"Nid 'mod i wedi anghofio'r llwybrau'r i gyd chwaith, ond mae 'na rai newydd ma' siŵr 'na wn i ddim byd amdanyn nhw."

"Ma'r fisitors wedi cal hyd i'r rhan fwya' erbyn hyn."

"Nid llwybrau ymwelwyr ydwi angen." Bron nad oedd geiriau fel 'ymwelwyr' yn codi cywilydd arni, fisitors oeddan nhw iddi hi ac i lawer un arall.

"Be' ta?"

"Fedra'i ddim meddwl am y gair. Llwybrau diarth?"

"Secliwded ydach chi'n feddwl ma' siŵr." Heb sylwi dim ar y wên ar wyneb Huw.

Ymwelydd neu fisitor oedd yntau wedi bod ar sawl llwybr yma ac acw ar draws byd, a'i ymweliadau wedi golygu yn amlach na pheidio bod y llwybrau hynny ac ambell draeth hefyd wedi troi'n ysglyfaeth i beth a alwai Premier yn ddatblygiad, ond fe ddaeth hynny â gwaith a chyfoeth i nifer hefyd, a wnaeth o erioed anghofio diolch pobl felly. Ond roedd o'n perthyn i'r fan yma. Prin y byddai'n sôn wrth Wendy am hynny heddiw, er y sylweddolai y byddai rhywun yn siŵr o ofyn ambell beth digon anodd cyn hir. Doedd pwy bynnag fyddai'r person hwnnw yn poeni dim arno, am fod yr atebion i gyd ganddo.

Gadawodd y Crown yn gynnar gan obeithio na fyddai

neb yn ei ddilyn, yn enwedig o gofio bod y newyddion amdano ar dafod y wasg a'r werin eisoes. Roedd o wedi sylwi ar ambell lygaid yn cael cip slei arno yn lolfa'r Crown, ond heb feiddio gofyn na dweud dim wrtho, ac fe wyddai o brofiad mai pobl felly oedd beryclaf. Pobl felly oedd wedi creu helynt iddo yn Bolifia a'r graith ar ei fraich chwith yn ei atgoffa'n aml o'r profiad hwnnw. Fe fyddai'n rhaid iddo roi cyfweliad i hogia'r wasg cyn bo hir, dyna fu'r drefn erioed ganddo, magu eu chwilfrydedd am gyfnod a gadael iddynt drin a thrafod pethau ymysg ei gilydd cyn eu hwynebu wedyn a hynny heb fawr iawn o rybudd.

Mater o brofiad oedd trin y wasg ac roedd Huw Lloyd yn brofiadol iawn ac yn gwybod pob cwestiwn bron cyn i neb ei ofyn. Run rhai oedd y cwestiynau bron bob tro ymhle bynnag y bu, gofid, swyddi, amgylchfyd a chadwraeth, a'r un rhai oedd yr atebion hefyd erbyn hyn, ac fe wyddai mai celwydd oedd celwydd ymhob iaith yn y diwedd pwy bynnag oedd yn gofyn. Ond fe fyddai eu dweud mewn Cymraeg yn anoddach yn enwedig yn y fan yma. Dim ond iddo ddangos nad oedd ganddo ddim i'w guddio fe fyddai popeth yn iawn. Hyder o flaen pobl oedd yn bwysig, ond heddiw dim ond un oedd ganddo i'w hwynebu, ac fe wyddai nad oedd ganddo fawr o brofiad o hynny erbyn hyn. Peth anodd fyddai dweud celwydd wrth lygaid glas.

Edrychai'r bae bach mor unig â hen ferch mewn priodas, a'r cyffro i gyd dan yr wyneb. Hanner cylch bychan a'i rimyn o dywod melyn frown yn gwthio'n slei bach dan y creigiau gwenithfaen. Na, doedd pob ymwelydd ddim wedi canfod hwn hyd yma. Rhesi o gerrig yn sglein rhwng y tywod a'r môr a'r llifdywod gwlyb yn batrwm o linellau igam-ogam rhyngddynt, yn union fel byddai Dic Saer yn gwneud patrwm ar ôl patrwm wrth beintio drysau ers talwm. Yr unig wahaniaeth oedd bod patrymau Dic yn aros am flynyddoedd hyd yn oed ar ôl sawl gaeaf caled.

Er i Huw godi'n gynnar a chychwyn yn fuan wedyn, roedd Wendy'n aros amdano ychydig y tu allan i'r dref a hynny'n ddigon pell o unrhyw lygaid busneslyd. Roedd ei phrydlondeb wedi ei blesio am nad oedd ganddo fawr o amynedd gyda phobl ddi-hid, ac fel gwyddonydd roedd rhoi sylw i fanylion bron â bod yn ddeddf ganddo. Hanner awr gwta fu'r daith yno, ac aroglau hudolus ei phersawr yn llenwi'r car wrth i'r haul daro gwydr y ffenestri, ac fe wyddai pa bersawr yn union oedd hwnnw hefyd. Agorodd ychydig ar y gwydr yn nho'r car. Cydio geiriau fu hanes y ddau yn ystod yr hanner awr honno a'r ddau heb fod yn sicr iawn beth i'w ddweud na pheidio'i ddweud, fel cyffwrdd traed yn ysgafn yn nŵr y môr cyn mentro i'r tonnau. Geiriau cynefin ond geiriau gofalus hefyd. Roedd hi'n ddeniadol ac yn gwybod hynny'n iawn, a theimlai yntau gyffro'r blynyddoedd iau yn ei gynhyrfu wrth iddo gael ambell gip slei arni gan obeithio na fyddai'n dal ei lygaid.

"Beverley Hills," meddai i dorri ar y tawelwch swil.

"Sut gwyddoch chi?" meddai hi'n llawn edmygedd o'i wybodaeth.

Prin bod dynion yn gwybod enwau persawr, dim ond gwybod y pris.

"Ydwi'n iawn?"

"Ded on. Presant 'Dolig oedd o."

"Tasech chi wedi treulio oriau mewn awyrennau mi fuasech yn deall."

Roedd ei chwerthin mor gynnes â'r bore.

"I'r traeth yma byddwch chwi'n dŵad felly?"

"Pan ga'i chance – day off weithia."

"Gweld lliw haul arnoch chi."

"Artiffisial. Lliw haul lamp, ond mae o'n plesio manager y Crown. Advert da medda fo."

Swniai ei geiriau bron fel ymddiheurad wrth iddi gyfaddef, fel pe bai hi ofn ei siomi ar ddechrau'r diwrnod. Trodd ei llygaid at y fasged oedd ganddo wrth i'r ddau gerdded yn ofalus i lawr y llwybr bach cul a arweiniai at y traeth, a gwelodd yntau'r cwestiwn yn ei llygaid yr un pryd.

"Picnic bach Wendy," meddai. " A gwin da, da iawn yn fy marn i beth bynnag, ac o selar y Crown mae o wedi dod hefyd."

"Ma' gwin y Crown yn ddrud. Os basach chi wedi deud mi faswn i wedi..."

"Does dim byd yn ddrud pan mae rhywun arall yn talu."

Roedd yr haul o'r golwg tu ôl i'r creigiau wrth iddynt chwilio am le i eistedd, a thybiodd Huw mai mynd yn nes at y tywod fyddai orau. Ond cyn iddo gael cyfle i gynnig hynny roedd Wendy eisoes wedi eistedd ar garreg gyfleus yn y cysgod dan y creigiau ac wedi tynnu ei sandalau gwyn.

"Mi ddaw'r haul yn y munud, a mi fydd y cerrig yn gynnes wedyn."

"Mae'n amlwg bod gen i dipyn i'w ddysgu am y lle 'ma."

Y fo ddyliai fod yn gwybod pethau felly, ac nid Wendy. Carreg bygddu dywyll oedd hi, ac felly'n dal gwres. Prin eu bod wedi eistedd nad oedd hi'n dechrau ei holi, ond nid cwestiynau'r wasg oedd ganddi chwaith.

"Newch chi addo un peth i mi – promise. Dim ond un."

"Be' felly?"

"Newch chi ddim deud wrth neb mai fi ddoth â chi yma, na 'newch?"

"Dweud wrth pwy? Dwi'n nabod neb."

"Ond mi fyddwch chi, a mi fyddan nhw yn nabod chi."

"Ma' siŵr. Ond mae 'na draethau eraill does?"

"Digon, ond ma' hwn yn sbesial."

"A rydach chi ofn colli'r fan yma?"

"Isio 'local opinion' ydach chi 'te. Clyfar iawn."

Sylwodd Huw ar y gwawd yn ei llais, ac oedodd am foment cyn mentro.

"Mae o'n help weithiau, gwybod beth mae pobl yn ei feddwl."

"Colli ffrindia' da faswn i os basa nhw'n gwbod ma' fi ddoth â chi yma. A dwi ofn hynny."

"Am eu bod nhw'n dod yma?"

"Ia. Dim ond weithia ma' weekenders yn dŵad i fama."

"Ella dyliwn i ofyn iddyn nhw."

"Mi fedra nhw ffendio rwla arall ddigon buan."

Doedd ganddi ddim arall i'w ddweud, dim ond gobeithio na fyddai'n difaru dod â fo o gwbl, yn enwedig os câi Bethan wybod. Rhedodd ias o ofn i lawr ei meingefn. Daeth llafn llydan o haul cynnes yn sydyn dros gopa'r creigiau o'r tu ôl iddynt bron heb iddynt ei ddisgwyl a chroesawodd y gwylanod y gwres sydyn gyda chorws swnllyd. Roedd y llanw'n dechrau troi hefyd a llanwodd golau melyn yr haul y llecyn o'u cwmpas a rhimyn glas y gorwel yn ymledu'n araf a nesáu.

"Fedrwch chi nofio? Medrwch, ma' siŵr,"ac ateb ei chwestiwn ei hun heb feddwl hynny.

"Ers pan o'n i'n ddim o beth adra."

"Yn Llundain dysgis i nofio."

"A chitha'n byw yn…?"

"Yn fama. Ia, cwilydd o beth. Shame."

"Pam Llundain?"

"Am mai fanno roeddwn i. Lesyns ar fora Sul, am nad odd 'na ddim arall i neud, a eniwe rodd o'n help ar ôl amball i nos Sadwrn."

Doedd hi ddim wedi bwriadu dweud dim am Lundain, a dim ond gobeithio na fyddai yntau'n holi mwy arni. Chwarddodd Huw yn uchel, a'i chwerthiniad yn dawnsio o garreg i garreg o gwmpas cyn iddo estyn at y fasged.

"Deudwch pan fyddwch chi eisiau blasu'r gwin."

"Ma' hi rhy fuan, a ma' gin i awydd swim."

"Mae o'n win da."

"Da neu beidio, dim cyn nofio." Roedd yna bendant-rwydd yn ei llais a hynny'n sioc iddo braidd. "Ydach chi am nofio?"

"Wnes i ddim meddwl."

"Mi faswn i wrth fy modd."

"Mi ddylia' mod i wedi meddwl. Tro nesa efallai, ond mi gewch flas ar y gwin wedyn."

Sylwodd ar y siom ar wyneb Wendy wrth iddi godi'n sydyn oddi ar y garreg a phlygu braidd yn bryfoclyd wrth bwyso arni cyn agor botwm neu ddau ar y flows werdd olau, ac yna diflannu i gysgod y cerrig eraill o olwg Huw. Syllodd yntau allan i gyfeiriad y tonnau fel pe bai'r môr yn dal i alw arno o'r hen ddyddia, a theimlai'r gwres yn mwytho'i wegil. Pe gwelai rhai o gyfarwyddwyr cwmni Premier y darn yma o dir yn gyforiog o harddwch cynhenid, prin y byddent yn meiddio meddwl am ei ddinistrio, ond harddwch cyfoeth oedd yr unig harddwch i rai, ac roedd ganddo yntau waith i'w wneud. Ciliodd ei feddyliau'n llwyr wrth iddi sefyll o'i flaen yn ei gwisg nofio ddu a'i gwallt golau'n glwstwr ar ei hysgwyddau. Roedd hi'n demtasiwn o'i chorun i'w thraed, a'r ddau'n ymwybodol iawn o hynny.

"Fydda'i ddim yn hir." Ac i ffwrdd â hi ar garlam gosgeiddig draws y tywod i gyfeiriad y môr a'i lygaid yntau yn ei chanlyn yn eiddgar gam ar ôl cam. Agorodd Huw y botel win yn araf a gadael i'w feddyliau grwydro ymhell i'w hen ddyddiau.

Roedd hi ar ei ffordd yn ôl tuag ato a'r haul yn sglein ar dduwch ei gwisg nofio a'i dwylo'n hel yr heli oddi ar ei chluniau siapus fel pe mynnai dynnu ei sylw atynt. Taflodd yntau y towel lliwgar i'w chyfeiriad wrth iddi eistedd wrth ei ochr ar y garreg gynnes, ac yna gadael iddo sychu ei breichiau yn araf araf heb yngan gair.

"Gwin," meddai ac estyn gwydryn main cyn tywallt yn grefftus rhag colli yn un diferyn, ac yna ei ddal yn wyneb yr haul nes i'r llafnau droi'n sbectrwm o liwiau yn ei lygaid cyn rhoi'r gwydryn yn ei llaw a lapio'r towel o gylch ei hysgwyddau. Roedd ei law yn drydan ar ei chroen am eiliad. Yna tywallt gwydryn iddo'i hun a drachtio'n ddwfn o'r Chablis melynwan a chynnyrch hen hen hafau yn chwerw felys ar ei dafod. Fe wyddai boendod ei benderfyniadau am lecyn fel hwn, ac er cystal y cynhesrwydd ar ei wegil fe deimlodd ias nad oedd a wnelo ddim â'r tywydd na'r cwmni chwaith. Roedd mwy o gaws ar y lleuad nag oedd rhwng ambell dafell denau o'r bara ac fe gafodd ambell wylan haerllug ei bodloni'n llwyr wrth reibio peth o gynnwys gweddill y fasged. Yfodd y ddau yn araf heb ddweud bron ddim nes i Wendy dorri'r tawelwch.

"Be' ddeudwch chi wrthyn nhw?

"Wrth pwy?"

"Y bobol ddaw i'r meetings yma 'te."

"Sori – meetings?"

"Yn Town Hall a sawl hall arall yma ac acw ar draws y lle."

"Protestio?"

"Dwn i ddim, siarad, local opinion ond mi fydd rhai yn cwyno."

"Fyddwch chi yno, Wendy?"

"Fedra'i ddim. Gwaith, shifft hwyr am dair wythnos, ond ma' nhw'n siŵr o ofyn i chi cyn bo hir."

"A fedrwch chi ddim newid shifft?"

Gwthiodd Huw y gwydryn yn ôl i'r fasged wrth ofyn y cwestiwn iddi a chyffyrddodd ei law yn erbyn ei chlun yn anfwriadol o ysgafn. Syllodd hithau arno heb ddweud dim na symud modfedd.

"Sori," ac edrych arni am eiliad cyn dechrau hel y gweddillion yn daclus i'r fasged.

"Isio i mi ddŵad ydach chi? Fedra'i ddim. No way."

"Fydda'i'n nabod neb yno, ac fe fyddai un ffrind yn well na dim."

Roedd o wedi cario'r camera bach o le i le ar draws byd ac wrth ei estyn o'r bag bach lledr sylweddolodd nad oedd ganddo ond ambell lun o Gymru, a phrin bod yr hen rai oedd ganddo yn dderbyniol bellach.

"Dwi am lun neu ddau o'r lle yma, a ga'i feiddio gofyn am un ohonoch chi?"

Tynnodd dri neu bedwar o luniau yn dangos amlinell y tir o gwmpas a gwahanol agweddau o'r creigiau duon, ac fel y plygai Wendy i roi ei gwydr hithau yn y fasged tyn-nodd lun ohoni a'i bronnau'n feiddgar amlwg ac yn haul i gyd.

"Un arall i'r albwm," meddai Huw yn llawn bodlon-rwydd direidus a'i wên yn tynnu blwyddyn neu ddwy oddi ar ei wyneb.

"Peidiwch â'i ddangos o i neb, plis. Faswn i ddim yn lecio i neb feddwl a dechra' hel clecs."

"Scouts honour, er na fûm i erioed yn aelod chwaith. Beth am lun iawn tro yma?"

Rhoddodd ei fraich yn ysgafn fel pluen eira ar ei hysgwydd a'i chymell i eistedd ar y graig isel, a'r bae yn fwa o dlysni dros ei hysgwydd. Roedd ei theimladau yn ddawns yn ei llygaid.

"Os medra'i, mi ddo'i i un o'r meetings 'na. Mi fydd rhai o'r teulu yno."

"Peth braf ydi bod yn ifanc," ac estyn ei law iddi godi oddi ar y garreg. Daliodd i gydio am eiliad yn hwy na fwriadodd cyn rhoi cusan dyner ar ei grudd. Roedd ei gwrid yn deillio o rhywbeth amgenach na gwin.

Gwenodd Prys Jenkins fel pe bai wedi ennill y loteri a neb ond y fo, a rhoi cusan i'r lens fawr hir cyn ei chadw'n ofalus yn y bag. Roedd llun fel 'na yn werth peint neu ddau heb ddechrau meddwl am arian a dylanwad. Fe fyddai ei sgwrs nesaf gyda Wendy yn ystod y dyddiau nesaf yn fwy na diddorol, a gydag ambell un arall hefyd cyn bo hir. Peth braf oedd adnabod ardal.

Roedd Huw wedi dechrau cerdded yn ôl yn araf i gyfeiriad y llwybr bach er mwyn rhoi cyfle i Wendy wisgo, a phan ddaeth hi roedd yntau'n eistedd bron ar ben y clogwyn yn edrych allan i'r môr a'i ben yn pwyso ar ei ddwylo. Edrychai fymryn yn hŷn erbyn hyn a'i gefn ychydig yn grwm a'i feddwl ymhell i ffwrdd cyn iddi dorri ar ei feddyliau.

"Ella nai ddangos lle arall i chi tro nesa, ar un condition 'te."

"A be' ydi hwnnw?"

"Dim codi mor fuan, a dim llun."

"Mae hynna'n ddau. Ond ga'i ofyn rhywbeth?"

"Pam lai."

"Pam mai i'r traeth yma daethoch chi â fi heddiw?"

"Am mai i fama bydda i'n dŵad amball dro, neb ond y fi."

"A mae arnoch chi ofn 'i golli o."

Wnaeth hi ddim ateb, dim ond disgwyl iddo fo ddweud mwy, a wnaeth o ddim am funud neu ddau.

"I ble'r awn ni tro nesa?"

"Os bydd 'na dro nesa."

"Mi ddyliwn i wybod am y traetha yma, ond erbyn hyn..."

"Rydach chi wedi anghofio." Roedd yr amheuaeth yn amlwg yn ei llais.

"Peth braf ydi cwmni."

"Mi allwn i ddangos lle arall i chi tro nesa."

"Ydi hwnnw'n sbesial hefyd, tybed?"

"Ddim i mi, ond mae o i rai."

"I bwy felly?"

"I ffrindia', teulu, i Bethan yn enwedig, ond dim gair wrth neb."

"Pwy ydi Bethan?"

Ysgol, traeth a chusan a ddaeth i gof Huw, ond enw digon cyfarwydd yn y fan yma oedd Bethan, a rhan o ddoe oedd y Bethan honno beth bynnag, lle bynnag roedd hi erbyn hyn.

"Cousin, a mi fydd hi yn y meetings yma i gyd coeliwch fi, bob un wan jac ohonyn nhw, a ma' hi'n siŵr o siarad. Fyddwch chi fawr o foi gynni hi."

"Pam?"

"Conservationist. Fitness fanatic, Bara Brown, marjarîn, Weight Watchers, you name it. Rhedag bob bora yn gynnar, a fasech chi byth yn meddwl fifty five plus. Ond mi fasa'n torri chalon am byth os basa'r traeth hwnnw'n cal 'i ddifetha. Fanno ma' hi'n rhedag, ond ddyliwn i ddim deud petha felna."

Roedd persawr Wendy'n dechrau llenwi ei ffroenau unwaith eto wrth iddo yrru yn ôl i gyfeiriad y dref. Peth hawdd fyddai creu gelynion, meddyliodd wrtho'i hun wrth i Wendy fentro troi'r gerddoriaeth yn uwch a dechrau curo'i throed yn ysgafn i rhythmau'r gân.

"Rhowch fi i lawr cyn cyrraedd y dre, just rhag ofn."

Prin y bu i Bethan erioed ddiflasu ar waith tŷ, ac roedd sglein ar wydrau ac aroglau glanweithdra nid yn unig yn therapi ond yn tueddu i fod yn obsesiwn ambell dro yn y bodlonrwydd a roddai iddi, yn enwedig y dyddiau yma. Heddiw roedd ganddi'r tŷ cyfan iddi ei hun, haul yn llenwi'r ffenestri, Ifan i ffwrdd ar gwrs diangen arall, ac roedd hi'n haeddu cwpanaid o goffi du ar ôl ei holl brysurdeb.

Dim ond cwpanaid wrth gwrs, heb arlliw o lefrith na siwgr ar ei gyfyl, ac er bod y bisgedi ar y silff uchaf yn demtasiwn, wnai hi ddim ildio heddiw. Peth hawdd iawn fyddai twyllo a neb o gwmpas i gadw llygaid a chyhuddo, ond doedd dim twyllo i fod a hithau wedi rhedeg hyd y traeth yn gynnar, a hynny mewn amser da. Mesurodd y coffi bron mor ofalus â'i chyflog cyntaf un, tywallt y dŵr poeth yn gyflym arno ac eistedd yn y gadair uchel yn wynebu'r traeth er i hynny olygu gorfod wynebu'r rig hefyd. Ond heddiw roedd ganddi'r awch i wneud hynny, ac nid peth negyddol oedd eistedd a syllu allan ar her pob yfory.

"Damia," meddai dan ei gwynt wrth i gloch felodaidd y drws cefn dorri ar ei llesmair, ond o leiaf roedd hynny'n golygu nad rhywun diarth oedd yn galw.

"Dynas ddiarth, rhy brysur i alw'n amal. Tyd i mewn."

"Ogla coffi, dicaff wrth gwrs," meddai Wendy a cherdded i fewn yn gartrefol braf.

"Dyna pam doist di, ia?"

"Mi fasa panad yn grêt, Beth."

"Anaml byddai'n cal coffi, a bod yn onast, ond torri bob rheol bora 'ma," ac estyn cwpan arall cyn ail ferwi'r tegell.

"Sut wt ti'n neud o?

"Gneud be' dŵad?"

"Edrych mor grêt yn y bora fel hyn."

"Ma' hi wedi pasio deg ysti," a mymryn o wên yn llawn hiwmor yn ei hymateb wrth iddi roi'r cwpan i Wendy.

"Dwi'n teimlo fel 'witch' bora 'ma. Gyda llaw, lle ma' Dylan?"

"Ym Mangor, yn fy nghar i wrth gwrs. Rwbath ynglŷn â lle i aros tymor nesa, a wedi gadal petha'n hwyr fel arfar. Mae o gwmpas dre'n ddigon amal, peth rhyfadd na fasa fo wedi deud wrtha ti. Wt ti'n gweithio heddiw?"

"Lates. Dechra'n hwyr a gorffan yn hwyrach. Galw rhag ofn basat ti'n lecio dŵad i'r dre am goffi ne' banad bach, a dŵad adra efo Ifan wedyn."

"Ma Ifan ar gwrs, ac yn casáu pob munud, ma'n debyg."

"Only the lonely felly, ia?"

"Braf cal y lle 'ma i fi fy hun weithia' cofia. Neb ond y fi."

"Welist ti'r 'news' yn y papur ta? Fame at last ia, Beth?"

"Do, felly ro'n i'n gweld," a hynny'n fwriadol ffwr-bwt braidd, ond yn amlwg yn eiddgar am gael gwybod mwy.

"Pests, dyna be' ydyn nhw."

"Pwy?"

"Bois y press. Sôn am holi a prynu coffi a bob dim arall. Good for business, cofia."

"Ers faint ma' Huw Lloyd acw ta?"

Taflu'r cwestiwn a wnaeth Bethan a cheisio rhoi'r argraff nad oedd yr ateb o bwys mawr. Roedd hi wedi darllen y manylion drosodd a throsodd yn y papurau, ac wedi gwasgu pob manylyn fel gwasgu sudd o oren nes bod dim ar ôl ond un ffaith foel. Roedd Huw Lloyd yn ei ôl ym Mhen Llŷn, yr Huw Lloyd hwnnw oedd wedi cael ei chariad cyntaf hi, wedi addo cofio amdani a'i charu am oes gyfan, wedi anfon gair yn crefu arni aros amdano ac yna wedi mynd ymhell o bob man ond ei meddyliau hi.

"Ers dyddia' cofia, a mae o wedi bwcio 'long stay' acw. Mae o'n lyfli cofia. Uffarn o bisin clên."

"Mi fydd o acw am dipyn felly?"

"Mwy na dipyn. Money no object. Sut wt ti mor familiar efo'i enw fo?"

"Be' ti'n feddwl?"

"Huw Lloyd medda ti. Dr Lloyd ydio i bawb yn dre 'cw beth bynnag. Pawb ond y Press te."

"Wt ti wedi siarad hefo fo felly?" A hynny fel tasa hi wedi cael braint o gael gwneud hynny.

"Fi bwciodd o i mewn. Pan welis i Texas o'n i'n meddwl mai jôc oedd o i ddechra', ond pan welis i bod o'n wir nes i ddechra rhoi two a two together wedyn. Dwi'n meddwl 'i fod o reit unig, ysti."

"Pam rwyt ti'n deud hynny?"

"Neb ond y fo 'te. Nath o ofyn am help i ddeud wrtho fo lle ma' llefydd a petha' felly, er dwi'n meddwl bod gynno fo syniad reit dda."

Cymerodd Wendy gegiad ddofn o'i choffi wrth iddi sylweddoli iddi ddweud llawer mwy nag a fwriadodd, a cheiso cuddio'i hofn tu ôl i'w chwpan.

"Ddim chdi ddeudodd wrth y Wasg gobeithio." Bron nad oedd geiriau treiddgar Bethan yn teimlo fel cyhuddiad.

"Never. Dim ond be' oedd raid Beth. Dydio ddim yn ifanc cofia, ond dydio ddim over the hill chwaith. Ddim o bell ffordd."

"Pum deg naw ers dechra mis Mai."

"Be'?" A cholli peth o'r coffi dros ei sgert gwta. "Arglwydd, sut gwyddost ti, Beth?"

"Fasat ti'n lecio gwbod mwy? Os nad wt ti'n gwbod eisoes, wrth gwrs."

"Gwbod be'?"

Syllodd Wendy ar Bethan fel pe bai'n gweld drychiolaeth a'i llygaid glas yn stond yn ei phen. Nid hon oedd y Bethan oedd wedi bod yn well na mam iddi pan ddaeth hi'n ôl i Lŷn. Y Bethan oedd wedi deall a'i chroesawu heb holi gormod, ac wedi bodloni cuddio rhai pethau fyddai wedi bod yn fêl ar sawl tafod. Ond nid dicter oedd yn llygaid Bethan chwaith ond rhywbeth llawer iawn dyfnach na hynny. Aniddigrwydd efallai, neu siom enfawr. Ond nid hynny chwaith. Ofn oedd yno a doedd hi erioed wedi gweld hynny ar wyneb Bethan o'r blaen. Prin bod Bethan yn ofnus o neb na dim, neu wnaeth hi erioed ddangos hynny beth bynnag. Ond ofn oedd o. Trodd Bethan ei chefn arni am eiliad cyn troi ati'n sydyn wyneb yn wyneb, ac yna mewn llais fel adrodd ystadegau moel ffrwydrodd ei geiriau yn stribed.

"Mai y pumed a bod yn hollol fanwl, Wendy. Llygaid llwydlas, treiddgar, ychydig o dan chwe' troedfedd o daldra, a chraith fach denau ar ei law chwith bron dros ei arddwn. Hynny ydi os nad ydi'r blynyddoedd wedi... Dwi'n iawn?"

"Sut gwyddost ti? Welis i mor graith, ond ma'r gweddill yn iawn. Sut ddiawl gwyddost ti?"

"O! Ma'r graith yno coelia fi. Fedri di ddim 'i chuddio hi am byth."

"Fel taswn i ddim yn gwbod."

"Sori, nid felna oeddwn i'n feddwl o," ac i ffwrdd â hi i'r gegin wysg ei chefn fel esgus i beidio dweud llawer mwy, ac i geisio cuddio'r cam gwag. Daeth yn ôl a chwpanaid o goffi cryfach i Wendy ac yna dechrau dweud mwy. Mwy o lawer.

"Yfa hon, Wendy, i ti gael stori well na'r un gei di mewn papur newydd. Ond y tro yma cadwa di gyfrinach, a phaid â meiddio agor dy geg wrth neb. Dim ond gwrando. Dwi'n falch dy fod ti yma, neb ond y chdi a fi, dim ond ni'n dwy. Mi fasa'n anodd deud o flaen neb arall yn enwedig Dylan, a wn i ddim yn iawn sut basa fo'n ymateb chwaith. Ond ma' Ifan yn gwbod."

"Be' ti'n feddwl?"

"Yli, dwi'n nabod Huw Lloyd yn dda. Yn dda iawn ers dyddia' ysgol."

"Hen flame. Dwi'n iawn? A finna wedi..." Teimlodd Wendy bang o euogrwydd sydyn wrth gofio'r diwrnod ar y traeth.

"Wedi be?"

"Dim byd."

Lapiodd Bethan ei dwylo'n dynn, dynn o gwmpas ei chwpan ac yna eistedd a'i chefn at y môr rhag ofn i hwnnw lesteirio beth oedd ganddi i'w ddweud.

"Fuo gen ti gariad ysgol, Wendy?"

"Tri ne' bedwar a bod yn onast. Mi o'dd gin pawb doedd."

"Dyna be' oedd o, cariad ysgol a wedyn am gyfnod. Cyfnod go dda mewn sawl ffordd. Meddwl basa petha'n para am byth, ond wnaethon nhw ddim. Ifanc oedda' ni 'te, y tri ohono ni, Ifan, fo a finna. Rhy ifanc o lawar."

"Ifan? Pam Ifan?"

"Gwranda. Y ddau, Ifan a Huw, isio i mi fynd allan efo nhw. Dawnsio efo Ifan sawl amsar cinio gwlyb ac annifyr, pawb yn dawnsio am na fedran ni fynd allan, a choeliat ti ddim mor dda o'dd Ifan am ddawnsio, a Huw efo'i ddwy droed chwith a'i ben yn 'i blu. Mynd i'r Palladium hefo Huw, a Ifan yn gacwn gwyllt, ond mi wnes inna addo petha na ddyliwn i ddim wedi neud i Huw Lloyd. Ond addo mewn cariad wnes i Wendy, heb feddwl ma' siŵr. Sgwennu pan aeth o i'r coleg a mynd yno i weld o pan gawn i gyfla a phan fydda fo adra. Gaddo hen betha' bach gwirion i'n gilydd a cadw anrhegion rhad fel tasan nhw'n werth y byd."

Roedd y cofio hwnnw'n gymysg â deigryn neu ddau yn ei llygaid wrth iddi godi o'r gadair ac eistedd ar fraich y gadair esmwyth yr eisteddai Wendy arni. Yna rhoi ei braich am ysgwydd Wendy a'i thynnu ati fel pe bai arni angen agosatrwydd rhywun arall cyn dweud mwy.

"Prinhau wnaeth llythyrau Huw a minna, yn enwedig

wedi iddo fo ddechra' gweithio a finna ar ganol blwyddyn ola yn y coleg, a Ifan yn dal o gwmpas yn garedig a gobeithiol. Mi wyddost sut ma' petha'n digwydd. Yna y llythyr pwysica'i gyd yn cyrraedd pan odd hi rhy hwyr a modrwy fy addewid i Ifan yn newydd sbon, ac yn sglein i gyd ar fy llaw, a mam wrth ei bodd."

Taflodd Bethan gip sydyn ar y fodrwy oedd yno o hyd cyn ei chuddio â'r llaw arall ac yna, dweud mwy.

"A rŵan mae o yma eto. Mi fydd yn y cyfarfod cyhoeddus 'na siŵr i ti, a phan goda'i i ddeud fy marn mae o'n siŵr o fy nabod i. Yno o flaen fy ngwynab i, a wedi dŵad yma i benderfynu ein dyfodol ni i gyd. Dyfodol Ifan, Dylan a finna, a dy ddyfodol ditha hefyd, Wendy.

"Chdi a phawb o gwmpas yr hen le 'ma. Damia fo."

Pwysodd Bethan ei phen yn ysgafn ar ysgwydd Wendy a gwasgu ei braich yn galed cyn dechrau igian crio.

"Ond nid y fo fydd yn penderfynu Beth," a chofio am garedigrwydd Bethan iddi a'i haddewidion hithau i Huw Lloyd yr un pryd.

"Ond i argymhellion o fyddan nhw 'te? Dyna fydd yn cael ei weithredu, a mi fydd 'na lawar wrth 'i bodd. Dyna pam mae o yma. Pobol o bell yn penderfynu droston ni bob tro, a nid am wleidyddiaeth yn unig dwi'n sôn."

"Am be 'ta?"

"Bob dim bron, cariad hefyd." Sylweddolodd wrth iddi ddweud y gallai hynny daro tant anffodus yng nghof Wendy hefyd a chododd ar ei thraed yn gyflym.

"Ddaw Ifan i'r cwarfod tybad?"

"Na ddaw medda fo, ac erbyn meddwl mi fasa'n well iddo fo beidio."

"Dydi Dylan yn gwbod dim am y peth felly?" a hynny braidd yn eiddgar.

111

"Am Huw wyt ti'n feddwl? Na, ond ma' 'na ddigon o gwmpas sy'n cofio siŵr i ti, a fydda' nhw fawr o dro cyn deud 'na fyddan?"

"Ga'i ddeud wrtho fo, Beth?"

"E'lla basa'n well iddo fo glywad gen i, ond eto mi ydach chi'n ddigon agos. Mae o'n meddwl y byd ohonat ti."

Trwy weddillion ei dagrau tybiodd Bethan iddi weld y rhimyn lleiaf o wrid yn codi i ruddiau Wendy, ond roedd ganddi ormod ar ei meddwl i ddweud dim am hynny.

"Sonia di 'ta, ond ma' raid i mi fynd, fedra'i ddim aros mwy ne' fe fydd fy joban i wedi mynd, a ma' gen i alwada' cyn hynny."

"Mi ffonia'i di yli."

Ac i ffwrdd â Wendy am na wyddai beth arall i'w ddweud. Mynd a gadael Bethan yn syllu i waelodion oer coffi oedd wedi hen ddechrau ceulo. Peth oedd wedi bod yn gynnes oedd cariad hefyd a dim ond gweddillion oer oedd ar ôl. Efallai iddi ddweud mwy nag oedd ei angen wrth Wendy, ac eto doedd ganddi neb arall i rannu ei theimladau â nhw. Dim teimladau fel rhain beth bynnag, ac wedi'r cyfan ati hi y daeth Wendy pan oedd ddoe honno yn deilchion a'i yfory yn llawn pryder. Dim ond gobeithio na fyddai tafod Wendy'n llacio a hithau'n dweud wrth rhywun. Ond efallai y gallai ddygymod â hynny hefyd dim ond i'r Wasg gadw'n glir. Ymateb Ifan fyddai'n bwysig iddi hi a Dylan. Rhywdro fe fyddai Ifan yn ffonio, ac ni wyddai beth fyddai hi am ei ddweud pan fyddai hynny'n digwydd.

Prin roedd hi wedi sôn erioed am hen gariadon wrth Ifan, a rhywsut wnaeth yntau erioed holi llawer, efallai am iddo fodloni'n llwyr ar gael ei llaw a chael goruchafiaeth ar Huw Lloyd wedi dyddiau ysgol. Erbyn meddwl, doedd hithau ddim wedi holi dim arno yntau chwaith, ond fe sylweddolai y byddai Ifan yn cofio dyddiau ysgol yn ddigon da i ddyfodiad Huw gorddi rhywfaint arno.

Wnaeth hi erioed fentro cyfaddef am Alun wrtho chwaith hyd yn oed ynghanol ambell anghydweld rhyngddynt, er bod hwnnw wedi dotio'n llwyr arni yn ystod y flwyddyn olaf honno yn y coleg pan oedd Huw a hithau wedi pellhau, nac am y penwythnos yng Nghaer pan fu bron iddi ildio ei morwyndod iddo. Fe lwyddodd i gadw Alun yn ei gorffennol fel cuddio trysor, er i Ifan a hithau ddod wyneb yn wyneb ag o ar faes yr Eisteddfod Genedlaethol unwaith a threulio chwarter awr o sgwrs gyndyn yn sôn am ddyddiau coleg a swyddi. Ei hun roedd Alun y diwrnod hwnnw hefyd fel roedd o yn aml yn ystod cyfnod coleg. Ifan yn ysgwyd ei law yn ddigon cynnes a bodlon heb wybod dim am ambell gusan hir, gwefr cariad a chydio dwylo, na chwaith am Alun yn mynnu na fyddai yna eneth arall yn ei fywyd ond hi. Tybed ai dyna pam roedd golwg eitha' unig arno y pnawn hwnnw?

Ond bob tro yr âi Bethan i Gaer fe fyddai'n cofio ei eiriau. Cofio eistedd yng ngerddi bach taclus y Gadeirlan yno a ias gwanwyn ymhob blodyn ac ynddi hithau. Cofio am y gwesty hynafol nad oedd naws gwesty iddo o gwbl. Hen le trwm ac oeraidd, acenion a thinc cyfoeth ymhob gair, a dillad yn llawn cynhesrwydd tragwyddol gan bawb er glesni'r tymor. Yn y diwedd wnaeth Alun a hithau rannu fawr ddim ond rhannu siom, ei siom o am nad oedd hi'n fodlon ildio'n llwyr iddo, a'i siom hithau o'i weld yn pwdu am iddi wrthod. Weithiau roedd ofn yn drech na nwyd. Beth fyddai ymateb ardal gyfan pe deuai hi o'r coleg yn fam, ac yn waeth na hynny'n fam heb fodrwy?

Ond fe wyddai Ifan am Huw. Fo oedd wedi mynd â hi i'r traeth bach ers talwm, ac i'r Palladium hefyd er mai prin y bu iddo edliw hynny wyneb yn wyneb wrthi. Roedd yn anorfod y byddai hen friwiau yn cael eu hail-agor bellach. Cydiodd Bethan yn y cwpanau yn frysiog a'u gadael yn y dŵr claear am y tro.

Mynd am fod rheidrwydd arno i fynd oedd Ifan wedi'i wneud, a beth bynnag fe fyddai'r cwrs yma eto'n fymryn bach o newid o undonedd bywyd ei swyddfa. Fe sylweddolai hefyd nad oedd llawer o bwrpas yn y mynd, fyddai dim yn digwydd, dim ond marc bach pitw ar ei ffeil yn dweud i Ifan Roberts fynychu un cwrs arall eto eleni. Yr un marc yn union fyddai ar aml i ffeil arall yn yr adran, dim ond bod deiliaid y ffeiliau hynnu'n ieuangach efallai ac yn credu bod ganddynt ddyfodol a thipyn o uchelgais. Na, cael ei anfon er cwrteisi roedd o ac fe wyddai hynny'n iawn. Ond wnaeth o ddim gwrthod.

Ystafell fechan oedd hi, a doedd o erioed wedi arfer byw a bod mewn lle mor gythreulig o gyfyng. Ddim cyn lleied â hon. Teimlai'r muriau'n gwasgu arno ac yn waeth na hynny ystafell yn perthyn i rywun arall oedd hi. Ystafell rhywun ifanc. Posteri byd modern yn cuddio paent rhad a sawl crac, a Sellotape a phlastig yn dal lluniau beiddgar a rhywiol o Madonna a Liz Hurley mewn esgus o ffrogiau a llai, ac o dan y ffenestr fach un arall o Jimmy Nail yn ei esgidiau o groen crocodeil. Bod yn ddiawledig o brydferth a del neu yn hynod o hyll oedd sail llwyddiant a golud mae'n amlwg, a doedd cyffredinedd yn golygu dim. A dyna pam roedd o yma.

Aroglau byw a bod oedd yn llenwi'r ffroenau yn yr ystafell ac wedi treiddio i'r llenni plaen a'r dodrefn bregus o gwmpas, a hynny'n gymysg â'r aroglau pîn i brofi i rhywun wneud ymdrech i lanhau a chael mymryn o drefn. Dim ond glanhau canol bwrdd oedd o hefyd, ac roedd llwch mis neu ddau yn cuddio mewn sawl cornel ddiogel o gyrraedd cadach a brws.

Ond ystafelloedd fel hyn oedd ar gampws pob coleg mae'n siŵr erbyn hyn, a dyna lle byddai yntau yn esgus dysgu am ddyddiau, ac yn ceisio cuddio mewn ambell gornel rhag dangos gormod o ddiddordeb. Ffenestr fechan yn syllu allan ar ffenestri o'r union faint a phatrwm, a thu ôl i bob un bywyd person unigryw. Pobl ifanc yn eu llwyddiant, yn eu hiraeth, yn llawn gobaith ac ofn, a weithiau yn eu methiant hefyd.

Mewn ystafell fel hon roedd Bethan wedi bod yn ystod ei blynyddoedd coleg, ac ar fwrdd bach bregus ac anniben fel hwn roedd hi wedi sgwennu ambell lythyr ato. Llythyrau'n sôn am ddigwyddiadau, ffrindiau ac ambell arholiad anodd, heb sôn fawr ddim am lwyddiant a theimladau, ac roedd hynny'n siom. Roedd Ifan wedi gobeithio clywed am hiraeth ambell dro, heb feiddio ystyried hiraeth am beth a phwy chwaith.

Ar wely cul a chaled fel hwn roedd hi wedi darllen ei lythyrau mae'n debyg, a rhai Huw Lloyd mae'n siŵr yn enwedig yn ystod ei blwyddyn gyntaf, ac efallai i hwnnw anfon gair ati'n amlach o lawer nag o. Cofiodd iddi gyfaddef hynny wrtho unwaith. Gallai feddwl amdani yn gorwedd yn droednoeth ar y gwely cyfyng yn darllen y llythyrau'n awchus ac ambell wên yn ymledu wrth iddi flasu'r geiriau. Darlun pwy oedd ganddi ar y mur tybed?

Roedd diwrnod cyntaf y cwrs wedi hedfan, yr holl gyflwyno amhersonol, a phawb gyda'i fathodyn bach plastig fel anifeiliaid mewn sioe. Rhywsut aeth Ifan yn Evan, ond prin bod yna bwrpas mewn cwyno a chodi llais a thynnu sylw ato'i hun, er fe fyddai Bethan yn sicr o fod wedi gwneud. Ken ddaeth ato gyntaf am sgwrs am ei fod yntau tua'r un oed, mae'n debyg. Acen yddfol ac aroglau sebon shafio rhad a'i ysgwyd llaw fel codi macrell farw. Ken wedi synnu mai'r Gymraeg oedd iaith gyntaf Ifan a synnu mwy fyth mai yn yr iaith honno y gwnâi y rhan fwyaf o'i waith bob dydd, ac wedyn yn ei holi'n dwll am bwrpas ffurflenni dwyieithog a phawb yn deall Saesneg. Aeth ymlaen wedyn i draethu'n huawdl am y broblem o gael mewnfudwyr i ddeall rheolau llywodraeth leol heb sôn am eu cael i lenwi ffurflenni'n gywir. Gallai Ifan ddychmygu sut y byddai Bethan wedi ymateb i'r cyfan.

Criw ieuengach o dipyn oedd y gweddill. Gobaith ac uchelgais yn eu gyrru ac ambell un yn llawn hyder ac yn ffroenuchel eu hagwedd, ond fe ddeuai eu tro hwythau i ddechrau bodloni ac i anghofio uchelgais. Dim ond mater o amser oedd hynny. Fyddai cymysgu gyda'r rhain ddim yn hawdd, ond fe fyddai'n rhaid gwneud rhag ofn i rywrai gwyno am ei agwedd sarhaus. Wrth iddo gerdded i lawr y coridor hirgul i gyfeiriad y cyntedd roedd dadwrdd eu sgwrs yn ei gyfarfod. Sŵn chwerthin a gwydrau, sŵn pleser a geiriau'n gymysg, a'r cyfan yn ddim ond islais i'r gerddoriaeth fyddarol wrth i weithgaredd y dydd doddi i fwynhad. Nid miwsig oedd o chwaith, nid ei fiwsig o beth bynnag. Cafodd gip sydyn ar fymryn o sgwâr pren golau ynghanol y llawr, tanlliw o oleuadau, a chyplau'n siglo fel gwenith ar awel. Trodd Ifan i gornel fach dawel ac agor ei ffôn symudol a chael Bethan yn groeso i gyd.

"Dy hun wt ti felly?"

"Mi alwodd Wendy bora ddoe chwarae teg iddi. Isio mi fynd i'r dre efo hi."

"Est ti?"

"Naddo, doedd gen i fawr o awydd a dod yn ôl ar y bys wedyn."

"Dylan yn dal ym Mangor felly."

"Ydi ysti, adra fory, medda fo. Wn i ddim sut le ydi'r fflat 'na mae o wedi gael. Mi ddylia' ni alw rhywdro i weld."

"Fo sy'n gwbod be' mae o isio," a hynny'n swnio fel esgus i beidio mynd ar gyfyl y lle. Newidiodd hithau drywydd y sgwrs yn fwriadol wrth sylweddoli mai prin oedd diddordeb Ifan mewn taith i Fangor.

"Sut ma' petha yna? Bwyd yn iawn?"

"Iawn hyd yma beth bynnag. Mi fasa'r lle 'ma'n codi hiraeth arnat ti tasa ti'n weld o."

"Be' ti'n feddwl?"

"Stafell coleg 'te – postars, gwely bach caled a bwrdd eitha tila."

"Ma' 'na dipyn o sŵn yna."

"Dawnsio ma' nhw. Y petha ifanc yma. Nid dawnsio ydi'r gair chwaith."

"Dwyt ti ddim wedi dawnsio ers talwm Ifan, gwylia' di'r petha ifanc 'na."

Roedd ei chwerthiniad fel awel iach, ond geiriau cyfarwydd sgwrs ffôn oedd y cyfan cyn i'w sgwrs ddarfod, a hynny heb iddo wneud addewid i alw eto'n fuan.

Pwysai Ken ar gornel agosaf y bar mor unig â jôc mewn pregeth, a'i hanner peint yn fythol lawn. Daeth awydd peint ar Ifan hefyd ond gwrthod cynnig caredig Ken i dalu wnaeth o a safodd y ddau gyda'u cefnau ar y dawnsio a

117

chael cip tros ysgwydd weithiau. Dau yn cipdremio ar sawl ddoe. Judy meddai'r bathodyn plastig mewn llythrennau breision wrth i'r ddau geisio edrych yn gysurus, a daeth y ferch ifanc osgeiddig rhyngddynt bron cyn iddynt sylweddoli. Roedd wedi cael ei thywallt i ffrog las laes, ei hysgwyddau brown yn noeth ac aroglau Calvin Klein yn ei chanlyn. Siglai fel cyrtan ar noson aeafol wrth siarad a dal i symud i rhythmau dwfn y miwsig yr un pryd. Doedd dim angen i'r ddau deimlo ar wahân oherwydd eu hoedran meddai hi, roedd y miwsig i bawb. Lapiodd Ken ei law'n dynn o gylch oerni ei hanner peint, a throdd aroglau'r sebon shafio yn aroglau o chwys, ond mentrodd Ifan i ganol y cylch a'r golau llachar gyda hi, a sylwodd neb arno, dim ond Ken yn ei chwithdod o golli cwmni. Trodd ei gefn a chymryd llwnc helaeth o'r hanner peint.

Dawnsio bron heb gyffwrdd oedd o, os dawnsio o gwbl. Symud fel pyped ar linyn, ei freichiau'n llac a'i draed prin yn symud o'r unfan, ond fe deimlai Judy bod rhythmau ddoe yn dechrau dod i'r wyneb yn eitha cyflym yn ei symud ysgafn. Meiddiodd afael yn ei law a chlosio ato. Fyddai Miss Lewis erioed wedi caniatáu'r fath ymddygiad ers talwm. Dim peryg. Roedd urddas mewn dawnsio, arwain, gafael a symud i batrwm, ac fe fyddai Ifan wedi rhoi llawer am gael Bethan yno i ddangos iddynt grefft y ddawns. Wedi dweud hynny roedd symudiadau ac agosatrwydd Judy yn bleser i fwy na'i lygaid, a dim ond ar deledu roedd pobl yn dawnsio i safonau Miss Lewis bellach. Diolchodd i Judy a cherdded yn ôl i gyfeiriad y bar a'i galon yn curo yn ddigon uchel iddo allu ei chlywed bron. Doedd dim golwg o Ken, dim ond modfedd o'i hanner peint heb ei orffen yn egru ar y gornel. Pwysodd

Ifan ar y bar a syllu ar heddiw'n dawnsio, ond dawns ddoe oedd ar ei feddwl.

Diolch i Bethan am fod yn ddigon meddylgar i roi radio fechan yn ei fag, fe fyddai honno'n gwmni cyn cwsg. Dadwisgodd yn araf a golchi chwys y ddawns oddi ar ei groen. Yr un math o gerddoriaeth oedd ar honno, fel eco o'r esgus o gerddoriaeth y bu'n dawnsio iddi, ond roedd pob celf yn adlewyrchu ei gyfnod yn ôl rhai. Os felly roedd yntau'n ddiawledig o hen ffasiwn. Bu bron iddo roi taw ar y nodau wrth droi am ei wely, ond dechreuodd symud o donfedd i donfedd heb fawr obaith am well. Dim ond penawdau'r newyddion hwyrol wnaeth iddo ddal i wrando, a dim ond hanner gwrando oedd hynny gan mai digon aneglur oedd y donfedd Gymraeg. Tarawodd y newyddion Ifan fel morthwyl ar engan. Roedd y Doctor Huw Lloyd wedi cael gwahoddiad i ddau gyfarfod agored a drefnwyd ynglŷn â dyfodol y rig a glanfa nwy yn Llŷn, hynny'n dilyn ei benodiad gan gwmni Premier o'r America i wneud arolwg o sefyllfaoedd addas ar gyfer datblygiad o'r fath. Pwysleisiwyd y pryder lleol a phwysigrwydd gofal amgylcheddol, ond roedd gobaith am swyddi da.

"Y diawl," meddai Ifan yn uchel ddwywaith a rhoi taw pendant ar y radio fach. Huw Lloyd o bawb yn ôl yn ei gynefin i chwilio a chwalu ac i wneud addewidion am swyddi bras, a Bethan heb yngan gair o gwbl wrtho ar y ffôn. Roedd hi'n siŵr o fod yn gwybod yn iawn, yn enwedig o gofio'i gwrthwynebiad. Hwyr neu beidio fe fynnai gael gair.

"Ifan. Wyt ti'n iawn?"

"Mi wyt ti, ma' siŵr," a hynny'n fwriadol galed.

"Be' ti'n feddwl?"

"Pam na fasat ti'n deud wrtha'i?"

"Deud be' Ifan?"

"Deud 'i fod o yna, a mi wyddost yn iawn pwy ydi o."

Dim gair, dim ond yr hymian diystyr ar y ffôn a'r ddau yn methu dweud mwy. Torrodd Ifan y cyswllt fel torri edau. Oedd, roedd hi'n gwybod, yn sicr o wybod, o gofio fel byddai hi a Dylan yn gwrando ar y radio mor aml. Sylweddolodd yn sydyn nad oedd Dylan yn gwybod dim am Huw Lloyd, ac efallai na fyddai'r enw'n golygu dim iddo. Ond fe fyddai'n golygu cymaint i Bethan. Dyna pam nad oedd hi wedi dweud gair wrtho yn ystod eu sgwrs yn gynharach.

Camgymeriad oedd ail alw Bethan a bod yn haerllug. Dangos gwendid, a doedd Ifan erioed wedi gwneud hynny o'r blaen cyn belled ag yr oedd Huw Lloyd yn y cwestiwn. Roedd o wedi agor fflodiart y gorffennol a Bethan ac yntau wedi hen arfer cadw pethau'n glos. Yn rhy glos efallai ac wedi trin ambell gyfnod o ddoe fel na fu iddo fodoli o gwbl. Peth cyfleus oedd anghofio, ond fyddai yna ddim anghofio rŵan a Huw Lloyd o gwmpas.

Fu Ifan erioed yn un i slotian, ond wrth deithio adra ar ddiwedd y cwrs, a'r diflastod yn fwrn llwyr heblaw am gyffyrddiad Judy, daeth awydd am beint neu ddau, ac nid syched oedd wedi codi'r awydd hwnnw, ond mymryn o ofn. Roedd Huw Lloyd a Bethan o fewn cyrraedd i'w gilydd ac yntau yn y canol a newydd godi llais arni, ac anaml roedd hynny wedi digwydd er y gwahaniaeth barn am ambell beth. Nid tafarn boblogaidd swnllyd oedd o eisiau, ond cornel dawel i hel meddyliau a gwneud penderfyniadau. Newid fu hanes y dre', fel pob tref arall, a doedd cerdded ei strydoedd fawr iawn o bleser bellach.

"Wyddost ti be dwi'n weld yma bellach?" meddai rhywun dros baned o goffi yn ei swyddfa un diwrnod o'r blaen. " ASBO'S, strydoedd angen eu golchi a sgrownjiars," ac roedd adlais o hynny yng ngeiriau Bethan wrth iddi boeni am y dyfodol. Ond roedd ystyr gwahanol i ofn pawb. Fe fyddai hanner peint yn y Crown yn rhoi cyfle iddo dawelu ei ofn yntau, er yn costio cymaint os nad mwy na pheint yn un o'r tafarnau eraill.

Dau oedd yn y lolfa fechan a wynebai'r môr, a'r tywydd yn siom ar wyneb y ddau. Wyneb fel un o ddarluniau Dorian Gray oedd gan y ferch, a syllodd braidd yn hir ar Ifan fel pe bai ofn arni ei fod yn ei hadnabod. Ymddiheuro i Bethan fyddai'r peth cyntaf i'w wneud, newid trywydd y sgwrs wedyn a gadael iddi hi gymryd yr awenau, gan obeithio y byddai hynny'n arwydd cryf nad oedd Huw Lloyd yn bryder o gwbl.

"Fama wt ti," meddai Wendy, a meiddio symud yr hanner peint ymhellach o afael Ifan. " Prin iawn gwelis i di yma o'r blaen."

"Doeddwn i ddim yn disgwl..."

"Fy ngweld i yma, dyna oeddat ti am ddeud?"

"Disgwl gweld neb a bod yn onast."

"Isio llonydd?"

"Rwbath felly."

"I feddwl am Huw Lloyd?"

Eisteddodd Wendy wrth ei ochr a chymryd cegiad o'r hanner peint yr un pryd.

"Ma'r cwrw'n ddrud yma," a geiriau Ifan yn swnio fel cyhuddiad am iddi fentro.

"Ma' pob dim yn ddrud yma, Ifan. Steil dyna wt ti'n alw fo, a fuo steil rioed yn rhad naddo. A gyda llaw dwi'n gwbod..." Rhoddodd Wendy ei llaw ar ysgwydd Ifan.

"Be ti'n feddwl?" Tynnodd Ifan ei hanner peint yn ôl tuag ato.

"Dwi wedi bod acw, a dwi'n gwbod be sy'n dy boeni di a Bethan. Ma' arni dy angan di, a nid fama ydi dy le di yn enwedig rŵan. Dos adra Ifan a gad Huw Lloyd i mi."

A dyna'r pryd y cerddodd Prys Jenkins i fewn a rhoi winc ddeallus ar y ddau wrth sylwi ar Wendy yn pwyso ar ysgwydd Ifan.

"Sgwrs breifat Prys," a'r gwrid yn dechrau codi i ruddiau Wendy.

"Public lounge Wendy. Dyna mae o'n ddeud ar y drws. Falch bod chdi am gadw gafal ar Huw Lloyd cofia. Ydi Ifan yn gwbod?"

"Gwbod be' Prys?" Cododd Ifan yn heriol, ond dal i sefyll wnaeth Prys a symud yn nes at Wendy cyn rhoi ei beint ar gornel agosaf y bwrdd.

"Swydd newydd Wendy? Personal guide, a little bit on the side, ia?"

"Y?" a throdd Ifan ei olwg at Wendy.

"Deud wrtho fo Wendy, ta oes angan i mi ddeud. Neu mi fedar y llun ddeud yn llawar iawn gwell." Cydiodd Prys yn ei beint a rhythu ar Wendy dros ymyl y gwydryn cyn gadael i gyfeiriad y drws a'i gau yn ddistaw.

"Be' sy' na i'w ddeud, Wendy?" Eisteddodd Ifan yn ôl i ddisgwyl am ei hateb, ac fe wyddai hithau nad oedd ganddi fawr o ddewis bellach ond dweud y cyfan. Roedd sut i ddweud yn gwestiwn arall.

"Galw acw wnes i Ifan, cal sgwrs, Beth a finna. Panad fel arfar a dechra sôn am betha'. Dyna sut dwi'n gwbod. Beth, Huw Lloyd a thitha, a dwi'n dallt yli. Been there Ifan. Got the tee shirt, fel ma' nhw'n deud."

"Hi ddeudodd?"

"Dim ond am mod i wedi gofyn."

"Doedd gen ti ddim hawl i ofyn."

"Ma gen i ddylad iddi Ifan, cythral o ddylad. A friend in need, a fedrai ddim anghofio hynny. Wnest ti ffonio hi?"

"Do. Pam?"

"Rodd hi angan hynny." Roedd y geiriau yn brifo i'r byw. "Gweld bai wnes i na fasa hi wedi deud. Prin bod hi angan hynny. Damia. Sori."

Colli'r frwydr oedd yr haul wedi wneud a mwy o gymylau du yn dechrau powlio at y tir mawr.

"Yli Ifan, mi ddeudodd hi'r blwmin lot wrthai. Ond wnes i ddim. Ond mi fydd raid i mi. Mi deuda i o wrtha ti gynta' cyn i Prys a'i debyg ddeud."

Roedd hi am afael yn llaw Ifan wrth ddweud am y diwrnod gyda Huw Lloyd ar y traeth, ond tynnodd yntau ei law oddi wrthi wrth i'r stori ddatblygu, a gwrando heb ddweud dim nes i'r cyfan gael ei ddweud.

"A dyna sut wt ti'n diolch i Bethan? Dangos traetha' i Huw Lloyd? Mae o'n gwbod amdanyn nhw'n well na chdi Wendy. Esgus odd o i gal dy gwmni di, i dy ddefnyddio di. A be' fydd gin Dylan i ddeud tybad? A paid â meddwl nad ydi Bethan a finna'n gwbod, rydan ni wedi sylwi arnoch chi ers tro. Ma' pobol yn siarad, a mi fydd 'na fwy o siarad rŵan."

Wyddai hi ddim sut i ymateb i'w ddicter amlwg yn enwedig wrth iddo sôn am Dylan.

"Fi ddylia ddweud wrth Beth," oedd ei hymateb, ond yn sylweddoli nad felly byddai pethau.

"Gei di ddeud wrth Dylan, a gweld sut bydd o'n ymateb, ond y fi fydd yn deud y cyfan wth Beth." Cododd Ifan yn sydyn a gadael drws y lolfa fach yn llydan agored wrth adael. Llowciodd Wendy weddill yr hanner peint chwerw cyn cerdded at ei desg.

Pennod 6

Doedd o ddim y lle delfrydol o bell ffordd, a bod yn onest doedd o fawr o le o gwbl. Ond fe fyddai'n rhaid iddo fodloni arno am y rheswm syml nad oedd unman arall ar gael. A'i fai o oedd hynny. Roedd o wedi gadael pethau yn llawer rhy hwyr cyn dechrau trefnu'n fanwl. Ond bodloni am flwyddyn arall fyddai raid beth bynnag, er bod honno'n flwyddyn holl bwysig. Fe wyddai Dylan yn iawn na fyddai'i fam yn fodlon o gwbl, ac fe wyddai hefyd y dylai yntau fod wedi gwrando arni wythnosau'n ôl yn lle aros hyd y funud olaf i chwilio am le i aros. Symud i fewn cyn i Bethan gael y cyfle i weld y lle oedd y dacteg orau erbyn hyn.

Hen honglad o dŷ oedd o, a'i ddyddiau gorau wedi bod. Brics cochfrown fel muriau wyrcws, pedwar llawr a'r safon yn gwaethygu o ris i ris swnllyd, ond yn ôl y perchennog roedd Dylan yn gythreulig o ffodus i gael lle ar y trydydd llawr. Tŷ wedi arfer bod yn llawn crandrwydd oedd o ac yn atgoffa Dylan o Mrs Humphreys, Plas y Rhyd am fod pawb erbyn hyn wedi anghofio'r bri a fu. 'Taswn i ddim ond yn cael ddoe yn ôl,' oedd dechrau a chytgan bob sgwrs gyda Mrs Humphreys, a sawl gwaith roedd o a'i fam wedi clywed hynny wrth iddynt ddal pen rheswm gyda hi ar sgwâr y pentref. Dynes côt ffwr yn gwisgo côt blastig oedd hi, ac esgidiau lledr da wedi gorfod ildio i wadnau synthetig tenau oedd am ei thraed. Ond pan fyddai'r gwynt o'i chefn roedd ei cherddediad mor urddasol ag y bu erioed. Dim ond llyfiad o baent oedd ar y drws hefyd a hwnnw wedi dechrau plicio mewn sawl lle, a charped mor denau â phlanced tloty y tu ôl iddo, ac ôl traed wedi disodli pob mymryn o liw.

Hel esgusodion am y sefyllfa roedd Dylan ar hyd y daith am adref, esgusodion fyddai'n hanner bodloni ei fam a dim arall. Tŷ mewn lle cyfleus oedd o, yn agos at y siopau a'r lle golchi, ac heb fod ymhell o'r coleg na'r banc, gan obeithio y byddai dadleuon felly'n cadw'r ddysgl yn wastad rhyngddo a'i fam. Penderfynodd aros yn dref am ychydig cyn troi trwyn y car bach i gyfeiriad adref.

Llanw llwyd yn llenwi'r hen harbwr at yr ymylon bron, hen lanw budr, a'r ymwelwyr wedi troi'n ôl i'r gwestai am eu te bach pnawn, a'r elyrch yn tindroi yn y mwrllwch o ddŵr. Gwag oedd y seddau pren oedd yn edrych allan dros yr harbwr hefyd, ac roedd digonedd o le parcio'r car a chael ei ddewis o le i eistedd wedyn. Siglai mastiau hirion y cychod moethus yn y marina newydd ar y dde iddo fel nodwyddau main i belen o gwmwl, a thu ôl iddo roedd haul diwedd prynhawn yn dangos ei hun yn ffenestri swyddfeydd y Cyngor. Fe fyddai ei dad yn falch o gael ei draed yn rhydd am ychydig o'i swyddfa, cwrs dibwrpas neu beidio.

Safodd y car bach du mor agos â phosibl i'r sedd bren yr eisteddai Dylan arni.

"Braf ar stiwdants."

Roedd gwallt golau Wendy yn wynias yng ngolau'r haul wrth iddi roi ei phen allan trwy ffenestr y car.

"Be' ti'n da yn fama?," a'r balchder o'i gweld mor amlwg â'r dydd.

"Early finish. Aros am pwy wt ti?"

"Neb. Loetran cyn mynd adra."

"Rwt ti'n siarad fel tasa ti ofn mynd."

"Ella 'mod i."

"Be? Ogla diod?"

"Ofn be' ddeudith mam am y fflat 'na dwi wedi gael."

"Fasa coffi'n help? Oes gen ti amsar?"

Roedd gwên foddhaus Dylan yn fwy nag ateb, a brysiodd i fewn i gar Wendy yn eiddgar. Cyfarfu llygaid y ddau am eiliad cyn iddi gychwyn am ben arall y dref.

Dewisodd fwrdd bach crwn ar gyfer dau yn y gornel bellaf o'r drws a lamp oren yn crogi'n isel uwch ei ben, a dau rosyn plastig pinc mewn gwydr di-ddŵr ar ei ganol. Treiddiodd cerddoriaeth cerddorfa James Last yn ysgafn o berfeddion y nenfwd crog, ac yn y gornel arall roedd cawell wellt ac aderyn lliwgar yn ddistaw yn ei gaethiwed ar frigyn ffug. Coffi poeth, poeth ac yn ddistrych gwyn i gyd.

"Poeni am y fflat wt ti?"

"Twll o le, ond mi fydd rhaid iddo fo neud am flwyddyn."

"A fydd Bethan ddim yn fodlon."

"Ma' hynny'n saff i ti, yn enwedig â dwy hogan drws nesa'."

"Lucky boy," a'r direidi lond ei llygaid.

Doedd dim yn rhwyddach na siarad gyda Wendy, a fyddai dim yn rhwyddach na'i charu chwaith. Roedd o wedi ceisio cuddio hynny oddi wrth pawb, yn enwedig oddi wrth ei fam, a braidd nad oedd o wedi dilorni Wendy wrth sôn amdani sawl tro. Ond roedd twyllo'i hun yn wahanol, a mynnu dod yn ôl wnai'r teimladau bob tro.

"Biti na fasat ti yno."

Teimlodd wrid yn codi i'w ruddiau a chymerodd lwnc o'r coffi poeth i gael esgus am hynny, a rhag ofn iddo ddweud mwy. Syllodd Wendy arno fel pe bai'n disgwyl hynny, ond troi ei lygaid wnaeth Dylan a rhedeg ei fys yn araf ar hyd ymyl y cwpan.

Fe fyddai'n dda calon ganddi pe bai o'n agor mwy ar ei deimladau wrthi. Sawl tro roedd hi wedi dal ei lygaid yn dreiddgar arni pan biciai hi draw i weld Bethan ac Ifan, neu pan ddigwyddai daro arno yn y dref. Fe wyddai Wendy yn iawn fod Bethan wedi sylwi hefyd, er na wnaeth hi erioed ddweud gair am y peth. Greddf merched oedd yn gwneud iddynt gadw'r un gyfrinach, ond heb feiddio'i rhannu. Beth fyddai ymateb Bethan, tybed, pe gwelai'r ddau fel hyn yng nghornel y caffi?

"Ydi'r fflat yn lân?"

"Jôc. Mae o fel bom seit."

"Sgen ti amser i llnau cyn i Bethan ddŵad draw?"

"Jôc arall. Unwaith caiff hi gyfla mi fydd hi yno'n syth bin."

"Fasat ti'n lecio i mi ddŵad yno i roi once over i'r lle?"

Sylwodd ar ei gwên wrth iddo syllu arni, a'r tro yma wnaeth o ddim troi i ffwrdd.

"Fasat ti'n dŵad?" A'r syniad o fod gyda hi'n orfoledd yn ei eiriau, a ffroth y coffi'n glynu wrth ei wefusau.

"Dwi wedi cynnig. Be' fasa dy fêts ti'n ddeud?"

"Diawl lwcus. Gweld pisin fatha chdi efo mi."

"Diolch am y compliment."

"Wel mi wyt ti, a hogia ydi hogia."

"Ydi Bethan wedi deud rwbath wrthat ti rioed?"

"Am be?"

"Amdana' i. Pam dois i'n ôl a phetha felly."

"Dim gair. Dy fusnas di ydio 'te."

"Fasa ti'n lecio i mi ddeud wrtha ti?"

"Ddim rŵan. Rhywbryd eto."

Prin y cymerodd Dylan sylw o'i geiriau, bron fel bai heb eu clywed o gwbl a'i fod yn ei fyd bach ei hun a'i feddyliau ymhell. Rhoddodd hithau gic fach ysgafn iddo dan y bwrdd.

"Sori Wendy."

"Miles away boi."

"Na, dydw'i ddim ysti. Dwi'n agos iawn tasa ti ddim ond yn gwbod."

"Be' ti'n feddwl?"

"Meddwl os basat ti'n dŵad taswn i'n gofyn i ti."

"Dwi wedi deud."

"Nid i'r fflat dwi'n feddwl."

"I lle 'ta?"

"I rwla rhywdro. Unrhyw le dan haul, allan am dro yn y car, dim ond ni'n dau. Weekend ella, pryd o fwyd, dim ond i mi gael bod efo ti. W't ti'n dallt?"

Bron nad oedd yn crefu arni a'i eiriau'n fwrlwm cyflym oedd wedi bod dan glo am hir ac yn cael eu gollwng yn sydyn a heb fawr o reolaeth. Estynnodd Wendy ei llaw ar draws y bwrdd a'i gosod ar ei law gynnes yntau fel dau yn tynnu llw gyda'i gilydd. Pan ddôi'r amser iddi ddweud ei hanes wrtho, faint fyddai hynny'n frifo ar ei deimladau ac efallai yn ei siomi am byth? Fe fyddai'n rhaid dweud am Huw Lloyd hefyd a'r llun oedd gan Prys. Wedi'r cyfan roedd y ddau yn perthyn o bell, ond yn ddigon pell i allu gadael i gariad eu cydio. Roedd y gair 'cariad' wedi bod ymhell o'i phrofiad, ond wrth deimlo'i fysedd yn symud yn araf ac ysgafn ar ei llaw fe wyddai y byddai rheidrwydd

arni ddweud y cyfan wrtho rhywdro. Dweud am y curo, dweud am y tabledi a'r colli a dweud mwy na ddywedodd hi erioed wrth Bethan. Wedyn, a dim ond wedyn, y meiddiai hi ddefnyddio'r gair 'cariad'.

"Wt ti'n wahanol i neb arall, dwyt," a syllu arni gan wneud iddi feddwl ei fod wedi darllen ei meddyliau.

"Gwahanol i bwy?"

"I bawb."

"A rydan ni'n perthyn." Ffaith oer a siom yn llenwi'r dweud.

"Dim ond o bell bell," a'r geiriau'n ail gynnau'r gobaith fel awel ar golsyn. Roedd y geiriau'n dod yn haws erbyn hyn ac fe gofiodd Dylan i'w fam ddweud unwaith mai ei siomi gafodd Wendy er na wnaeth hi ddweud ei siomi gan bwy neu gan beth. Pe câi o'r cyfle fyddai o fyth yn ei siomi.

"Be' fasan nhw'n ddeud adra tybad?"

"Fasa dim rhaid iddy' nhw wbod, ddim rŵan."

"Cadw secrets fatha dy fam, ia?"

Brathodd ei thafod wrth sylweddoli ei chamgymeriad, ond roedd y drws wedi ei gilagor ar y stori, a hithau wedi addo wrth Bethan peidio dweud dim. Gwyddai'n union beth fyddai cwestiwn nesaf Dylan.

"Fatha mam? Be' ti'n feddwl?"

"Anghofia fo," fwy mewn gobaith na dim arall.

"Deud," a hynny'n swnio fel gorchymyn.

"Ddyliwn i ddim deud, dwi'n gwbod."

"Ond mi wnei wrtha' i, yn enwedig rŵan a finna'..."

Wnaeth o ddim gorffen y frawddeg er y gwyddai hithau'n iawn beth oedd ar flaen ei dafod. Ond gobeithiai y byddai'n gorffen y frawddeg yn llawn rhywdro.

"Ma' gen pawb 'i secrets, fi'n fwy na neb."

"Be' sy wnelo hynny â mam?"

"Skeletons in the cupboard," beth bynnag ydi hynny yn Gymraeg."

"Mam?" Yn anghrediniol fel nad oedd gan fam hawl i gyfrinachau.

"Ia, Bethan. Ond wnes i 'rioed feddwl mai wrtha' i byddai'n deud nhw."

"Be' ddeudodd hi wrthat ti?"

Roedd arni ofn dweud mwy, ac roedd yr ofn hwnnw'n amlwg. Bron nad oedd ganddo yntau ofn clywed yr ateb.

"Y Doctor Lloyd 'na sy'n aros acw, boi y rig."

"Be' amdano fo?"

"Hen gariad dy fam, cariad ysgol beth bynnag. A wedyn, dwi'n meddwl."

"Dyna pam! Gollyngodd ei llaw fel gollwng colsyn poeth, a'i law agored yn troi'n ddwrn caled, gwyn.

"Wt ti'n gwbod?"

"Wnes i rioed feddwl, ond pan ddeudis i wrthi ma' fo oedd yn dŵad yma ar y ran y cwmni olew, mi holodd fi'n dwll. Doedd hi ddim wedi clywed y newyddion ar y radio, a wyddai hi ddim nes i mi ddeud wrthi. Y fi o bawb yn deud wrthi."

"Ella 'mod i wedi deud gormod 'ta."

"Be'? Wrth mam?"

"Na, wrtho fo," a sylweddoli'r cam gwag bron cyn gorffen y geiriau.

"Wrth fo? Sut ar y ddaear...?"

Roedd y cwestiynau'n rhychau ar ei dalcen ac roedd arni ofn i'r cwestiynau hynny droi'n gasineb tuag ati hi os clywai am ei diwrnod ar y traeth yng nghwmni Huw.

"Mae o'n aros acw yn y Crown, tydi. Welis di mo'r papur?"

"Darllan papura' pobol erill ma' stiwdants."

"'Nes i ddim meddwl naddo, a dim ond gofyn am fy help i wnaeth o. Gofyn faswn i'n dangos amball le iddo fo – 'Off the beaten track' felly, rhag ofn i rywun 'i weld o a dechra meddwl petha."

"Chdi a fo. Lle buoch chi Wendy? Ddim yn y Traeth Bach gobeithio."

"Na ddim fanno, ond poeni am tro nesa' dw'i."

"Oes 'na dro nesa i fod felly?" Teimlodd hithau'r siom yn ei lais a rhoddodd ei phen i lawr ar y bwrdd a'i gwallt golau bron yn cuddio'r cwpanau.

"Sori, Dyl."

"Y diawl drwg iddo fo. Dy ddefnyddio di o'dd o siŵr."

"Ia ma'n debyg, ond paid â gweld bai, ddim rŵan."

"Mi fasa hynny'n anodd, a ella na fedrwn i ddim taswn i'n trio."

Cododd Wendy ei phen a'r dagrau'n powlio rhwng llinellau'r colur ysgafn ar ei gruddiau.

"Fuost ti 'efo fo'n hir?" Ac aros yn eiddgar am ei hateb.

"Rhy hir ella, ond mae o'n gwbod am lawar o'r llefydd ysti."

"I lle'r ewch chi tro nesa?"

"Peidio 'di gora, ma' siŵr. Rhag ofn."

"Ddim i'r Traeth Bach beth bynnag. Mi fasa' hynny'n torri calon mam."

"A chditha'? Isio gwbod be' ma' pobl yn feddwl mae o."

"Holi o'dd o felly?"

"Ia, ond 'nes i ddim deud dim am Bethan cofia. Dim ond deud 'i henw hi, no more. Ar fy llw."

"Naddo, gobeithio. Nei di ddim deud be' ddeudis i wrthat ti chwaith, na nei?"

"Be' ddeudis di, Dyl?" Roedd mymryn o wên foddhaus yn dechrau ymledu ar draws ei hwyneb.

Cymowtan yn ôl at y car wedyn yn fwriadol araf a meiddio cydio dwylo. Roedd diwrnod y dref yn dod i ben a'r gyfathrach rhwng y ddau yn eiliadau tawel yn llawn gwybod.

"Wt ti ar frys i fynd adra?"

Pwysai Wendy ar ddrws ei char a'i gwahoddiad yn eiddgar,

"Fydd neb yn gwbod ysti, a mae gen i bethau i'w dweud wrthat ti does."

"Mwy nag wt wedi ddeud yn barod?"

"O lawar."

Fe wyddai Dylan fod yna lawer iawn mwy i'w ddweud gan y ddau, ond nid heddiw oedd yr amser chwaith. Nid rhai i'w rhuthro oedd geiriau cariad ac yna gorfod gwahanu'n frysiog.

"Ddim heno, ond mi ddo'i," a'r ddau'n gwybod ymlaen llaw y byddai hynny'n sicr o ddigwydd. Cusan mor ysgafn â phluen eira ar ei grudd a'i galon yn ddawns.

Roedd Bethan yn eistedd yn y mwrllwch ei hunan a haul olaf y dydd yn rhimyn coch ar y môr, heb na radio na theledu i dorri ar yr hel meddyliau.

"Mi ddoist," fel tasa hi wedi bod yn disgwyl yn hir amdano.

"Sori 'mod i braidd yn hwyr."

"Ydio'n plesio?"

"Ma' raid iddo fo. Does yna nunlla arall Mam."

"A bai pwy ydi hynny tybad?"

"Dwi'n gwbod."

"Yli, mi ddoi hefo ti yno'n fuan. Fyddwn ni fawr o dro'n cal siâp ar betha."

"Ma' Wend..." a sylweddoli na ddyliai fod wedi yngan gair.

Syllodd Bethan arno'n hir heb ddweud dim, a greddf mam yn dechrau deall yr un pryd.

Eisteddai Prys Jenkins ar un o gadeiriau esmwyth y lolfa fach oedd yng nghyntedd y Crown a'i fag camera wrth ei draed a'r baned o goffi du a'r fisged dragwyddol yn gwmni. Cornel Prys i gadw llygaid ar y mynd a'r dod oedd hon, ac er ei fod wedi meddwl rhoi'r gorau i smocio sawl tro roedd o eisoes wedi gorffen dwy sigaret cyn cyrraedd y Crown. Arhosodd yn anfoddog yn ei gadair ac aros nes i Wendy ddarfod gyda cwsmer oedd ar fin gadael. Wrth i hwnnw dalu a gadael ymlwybrodd Prys i gyfeiriad y dderbynfa a phwyso wysg ei ochr ar ymyl y cownter er mwyn cadw llygaid ar y bag camera.

"Part time wt ti rŵan, Wendy?" a chrechwen amlwg ar ei wyneb.

"Ma' hi'n rhy gynnar i dy jôcs di, Prys. Be' ti'n feddwl part time?

"Early bird, Wendy, mi wyddost y gweddill."

"Jôc arall, Prys?"

"Ma' bora'n amsar da i dynnu llunia' ysti."

"Be' ti'n neud yn fama 'ta?"

"Meddwl basa ti'n lecio gweld rhai." Rhoddodd Prys ei law ym mhoced ei siaced ysgafn ac agor yr amlen yn araf.

"Coesa' grêt Wendy, mi fasa'r calendar yn gwerthu'n grêt hefyd efo dy lun di fel hyn."

Daliodd y lluniau'n ddigon agos ati iddi allu eu gweld, ond yn ddigon pell fel na allai gyffwrdd ynddynt.

"Ga'i air efo'r *Sun* yli, fasat ti'n grêt ar Page Three."

Rhythodd Wendy'n gegrwth ar y lluniau ohoni yn sefyll yn feiddgar o flaen Huw Lloyd, ond cyn iddi gael cyfle i ddweud dim aeth Prys ymlaen i ddangos mwy fyth o luniau.

"There's more Wendy, fel mae'r comedian yna'n ddeud, a dwi'n lecio hwn yn arbennig. Sbesial Wendy, sbesial iawn."

Roedd cusan Huw Lloyd yn amlwg yn y llun, a rhedodd ias oer i lawr ei chefn wrth weld gwên foddhaus Prys.

"Y diawl drwg i ti. Mi fydda' i'n..."

"Mi fyddi di'n be' Wendy?" a'r her yn galed yn ei lais, ac fe wyddai hithau na allai wneud dim ond aros am y geiriau nesaf.

"Stori dwi isio, stori dda, neu mi wyddost be' fydd yn digwydd."

"Blacmel, blydi blacmel."

"Galwa' fo be' leci di. Wela'i di ar ddiwadd dy shifft ia?" a chododd Prys y bag camera a cherdded allan i'r haul yn dalp o fodlonrwydd.

Er bod y radio ymlaen ganddo ar hyd y daith gartref prin y gwrandawai Ifan, dim ond gadael i'r geiriau a'r gerddoriaeth hofran o'i amgylch ym moethusrwydd y car. Roedd ganddo ormod ar ei feddwl i allu gwrando. Sut groeso fyddai croeso Bethan y tro yma tybed, heb sôn am agwedd Dylan? Roedd yn dal i ddifaru gwneud yr alwad ffôn ar ôl

clywed am ddyfodiad Huw Lloyd. Prin y gallai sôn am hynny o flaen Dylan, beth bynnag, ond fe fyddai'n anodd cadw'r cyfan o dan yr wyneb pan fyddai Bethan ac yntau eu hunain. Gadael iddi hi dorri'r gair cyntaf fyddai orau'r tro yma, ac fe fyddai hi'n sicr o wneud hynny pan gâi'r cyfle.

Machlud mawr melyngoch oedd ar wyneb y môr wrth iddo gyrraedd pen yr allt bach a ffenestri'r tŷ yn danchwa o liw, ac am eiliad fe wyddai am bryder Bethan.

"O'dd o'n werth mynd?"

Geiriau cyntaf Bethan wrth iddi droi am y gegin a hynny heb ofyn oedd arno awydd paned na dim arall.

"Ddysgis i fawr ddim, dim byd newydd beth bynnag. Lle ma' Dylan?"

"Hel i betha'n barod. Mi fydd raid i mi fynd yno i roi help llaw i gal trefn ar y lle cyn iddo symud i mewn."

"Mi gafodd o le felly?"

"Do, ond wn i ddim sut le ydio, cofia. Iawn medda fo, ma' hynny'n deud cyfrola."

O ben y grisiau y clywodd Dylan eiriau ei fam ac aros yno am eiliad gan obeithio clywed ymateb ei dad cyn mentro i lawr. Beth fyddai ymateb ei dad i ddyfodiad Huw Lloyd tybed? Fe fyddai hynny'n siŵr o godi pen cyn bo hir, a rheidrwydd arno fyddai cadw ei wybodaeth yn ei lawes. Roedd o am weld Wendy hefyd cyn i'w fam ddechrau gwneud ei threfniadau, a brysiodd i lawr y grisiau.

"Ga'i lifft i'r dre' 'fory?"

"Cei," a dim byd i ddilyn yr ateb swta.

"A dŵad adra efo chi?"

"Iawn, coda'i di wrth y stesion tua hannar awr wedi pump," a hynny heb holi dim pam roedd angen mynd i'r

dref ar Dylan. Roedd y cwestiwn hwnnw'n amlwg yn wyneb ei fam hefyd, ond doedd o ddim am gynnig ateb heb iddi ofyn. Fe fyddai'n rhaid iddo ddweud wrthynt am Wendy rhywdro, prin y byddai hynny'r peth gorau i'w wneud ar y foment a chiliodd yn ôl i'w ystafell er mwyn gallu cysylltu â Wendy ar ei ffôn symudol.

"Doedd dim angan i ti ffonio, Ifan, mi faswn i wedi deud wrtha ti," medda Bethan.

"Fasat ti?"

"Wrth gwrs. Mi fasat wedi clywad yn dy waith beth bynnag."

"Y fo o bawb."

"Be' ti'n feddwl?"

"Yn dŵad yma i neud penderfyniada."

"Mi fydd yn anodd iawn iddo fo fodloni pawb. Fedar o ddim."

"Paid â dechra dangos cydymdeimlad," a'i eiriau'n llawn malais.

"Fydd dim angen i mi. Ar d'ochor di a'r gweddill bydd o ma' hynny'n sicr ddigon. Pres sy'n cyfri' dim pobol."

"Ydi Dylan yn gwbod?"

"Ydio ots? Mae o'n gwbod i fod o yma," heb feiddio dweud fod Wendy'n gwybod hefyd.

"Gwbod amdanat ti a Huw Lloyd dwi'n feddwl."

"Dŵr dan bont ydi hynny Ifan, petha ddoe, a neith o ddim gwahaniaeth i neb rŵan."

Dyna oedd yntau yn ei obeithio hefyd. Gobeithio bod pobl wedi anghofio, gobeithio bod Huw wedi anghofio, ond gwybod hefyd na allai o gael cyfle i anghofio. Fe fyddai pobl yn siŵr o siarad, yn enwedig â Bethan mor frwd yn erbyn unrhyw ddatblygiad, ac fe fyddai rhai yn mynnu dod

â ddoe yn ôl. Efallai y byddai tusw o flodau yn help iddi anghofio.

Bore di-haul oedd o a digon prin fu sgwrs Ifan a Dylan ar y ffordd i'r dref. Hanner holi am gyflwr y fflat ym Mangor wnaeth Ifan, holi ac addo dim, gan wybod na fyddai ei angen i wneud dim oll gan y byddai Bethan a Dylan wedi trefnu'r cyfan. Nid peth hawdd ar brydiau oedd sylweddoli mor agos oedd y ddau, ond fe wnâi'n sicr fod y rhent wedi ei dalu ymlaen llaw. " Hwyl," oedd ei unig gyfarchiad wrth i Dylan gamu allan o'r car a chamu'n eiddgar i gyfeiriad y môr.

Roedd y môr wedi treio ers amser ac yn llepian ymhell allan ar y gorwel wrth i Dylan gerdded yn araf ar hyd y traeth. Ambell dro roedd ei gwmni ei hun yn ei blesio, ond fe gâi gwmni Wendy yn ystod y pnawn ac roedd meddwl am hynny'n wefr. Fe fyddai'r llanw i mewn hefyd yn fuan wedi hanner dydd. Y llanw a Wendy gyda'i gilydd. Fe fyddai cyfle i drefnu ar gyfer y daith i Fangor. Loetran wnaeth y bore wedyn, fel tramp wrth ambell glwyd, ac awr yn teimlo fel dwy. Pryderu beth fyddai'n digwydd os digwyddai i Huw Lloyd daro ar Bethan yn rhywle, a beth fyddai ymateb Ifan, heb sôn am ymateb y ddau i berthynas Wendy ac yntau. Wedi'r cyfan roedd rhywfaint o'r un gwaed yn rhedeg yng ngwythiennau'r ddau, ond efallai bod cariad yn gryfach na diferyn o waed.

Roedd ceffylau gwynion ar ymylon y tonnau wrth iddynt nesáu at y traeth ac ambell gwch yn siglo'n araf yma ac acw, ac roedd Dylan ar bigau'r drain yn aros am Wendy a hithau bron i awr yn hwyr. Nid yr un croeso oedd yn ei llygaid chwaith.

"Wt ti'n iawn?" a'i bryder yntau'n amlwg.

"Sori, dwi'n hwyr, a bron i mi beidio dŵad o gwbl".

"Gweithio'n hwyr?"

"No Way. Gwranda..."

Prin gallai Dylan goelio wrth iddi roi ei phen ar ei ysgwydd a beichio crio, ei geiriau'n gymysg â'i dagrau a'i llaw'n gryndod yn ei law yntau.

"Wnes i ddim deud wrthat ti am y gusan dwi'n gwbod, a ma' hynny wedi dy frifo di, a dwi'n sori. Ond nid cusan cariad odd hi Dyl, cusan diolch odd hi, dim byd arall. Y fo roth gusan i mi, ond nid dyna fydd pobol yn 'i feddwl. A be' ddeudith dy fam a hitha wedi..."

Doedd gan Dylan ddim ateb dim ond teimlo'r dicter a'r siom yn ei gorddi. Damia Prys Jenkins a'i gamera. Wrth ei chofleidio'n dynn a theimlo'i chorff yn igian yn ei gofid fe wyddai Dylan y byddai'n rhaid iddo wneud penderfyniadau caled ac anodd, ond fe wyddai hefyd na allai fyth adael y cariad yma beth bynnag fyddai'n digwydd. Ei Wendy o fyddai hi bellach a neb arall, ac fe ddywedai o hynny wrth Huw Lloyd pan ddeuai cyfle.

Pennod 7

Efailai mai camgymeriad oedd dod yn ôl i Lŷn wedi'r cwbl, ac y byddai anghofio wedi bod yn haws mewn lle arall. Felly y teimlai Wendy wedi i Dylan fynd y pnawn hwnnw. Roedd geiriau Prys Jenkins yn ei phoeni hefyd. Fe wyddai'n iawn mai stori gyfan a dim arall fyddai'n ei fodloni, ond roedd amgyffred canlyniadau'r stori honno yn hunllef llwyr iddi. Craith fyddai hynny ar fywyd Ifan a Bethan hefyd heb sôn am y dylanwad ar ei pherthynas hi â Dylan. Tybed a wyddai Prys am garwriaeth Huw a Bethan yn y gorffennol, ac os gwyddai yna fe fyddai ei hanes hi yn treulio diwrnod ar y traeth gyda Huw Lloyd ynghyd â'r lluniau yn sicr o gyrraedd sawl tudalen flaen y wasg leol a thu hwnt.

Cymhlethu'r sefyllfa roedd ei pherthynas hi a Dylan hefyd, yn enwedig wrth iddi gredu fod Bethan yn sylweddoli dyfnder y berthynas honno bellach, a feiddiai hi ddim brifo mwy ar Bethan yn enwedig o gofio cymwynasau'r gorffennol. Erbyn hyn, roedd y 'perthyn o bell' wedi dod yn 'berthyn agos' ac roedd arni ofn i fethiant y gorffennol daflu ei gysgod ar ei pherthynas newydd. Tywalltodd joch egr o'r wisgi i'r gwydr wrth ei hochr a theimlo ias y gorffennol yn dechrau ail gydio ynddi.

Ond beth fyddai gadael yn ei olygu, nid yn unig iddi hi ond i Dylan a Bethan hefyd, yn enwedig gadael heb

ddweud dim wrth neb. Cymryd amser i ddaearu roedd gwreiddiau, dechrau cynefino, dechrau adnabod a dechrau cael ei charu hefyd. Ei defnyddio wnaeth Huw Lloyd, fe wyddai hi hynny, a chamgymeriad oedd rhoi rhif ffôn Bethan iddo. Fe fyddai angen maddeuant am hynny. Ond os byddai yna ddatblygiad positif yn y dyfodol a'r gwaith yn cael ei sefydlu, yna roedd gobaith i Dylan gael swydd yn ei gynefin, ac fe fyddai hynny'n angori'r ddau. Hyd yn oed os methiant fyddai'r cyfan a Dylan yn gorfod gadael i gael swydd, yna fe fyddai gadael gyda'i gilydd yn haws. Efallai y gallai hithau ddefnyddio Huw Lloyd i bwrpas felly.

Gwthiodd y gwydr i un ochr cyn arllwys y cyfan i'r sinc a gadael i'r dŵr redeg ar ei ôl am funudau.

Pan gafodd Huw Lloyd ganlyniadau'r dadansoddi fu ar y samplau o'r rig fe wyddai'n union beth fyddai'n rhaid iddo'i ddweud wrth y wasg ac yn y cyfarfod cyhoeddus. Roedd o wedi hen arfer codi calon sawl tro, wedi arfer gweld gobaith am waith yn llonni cymuned gyfan, ond roedd o hefyd wedi gorfod siomi sawl un. Dysgu sut i ymdopi gyda'r ddau oedd un o wersi anoddaf bywyd wedi bod wrth i'w benderfyniadau wneud gwahaniaeth i gymaint.

Fyddai dweud wrth Premier ddim yn anodd, dyna oedd y cwmni yn ei ddisgwyl ganddo bob tro. 'Ia' neu 'Na' pendant heb iddynt boeni dim am obeithion na siomiant neb, dim ond am y sicrwydd o elw. 'Conscience doesn't enter into it' oedd y frawddeg a ddywedwyd sawl tro yn y cyrsiau cynnar y bu arnynt wrth ddechrau'r swydd, a dyna oedd yntau wedi ei ddweud wrth sawl un wedyn wrth roi

cyngor i ambell newydd ddyfodiad gobeithiol. Rhan o'r gwaith bob dydd oedd dysgu tawelu cydwybod, ond tasg anodd oedd anghofio ambell wyneb. Wnaeth neb ond o ei hun weld wyneb yr hen wraig fregus yn Chile wrth i'r peiriannau ddymchwel ei chartref, ac er nad oedd yn deall yr un gair, doedd dim angen deall i sylweddoli'r casineb. Llawenydd hudolus oedd ar wynebau'r plant yn eu hysgol newydd yn Chad, heb sylweddoli'r gôst o ddiffetha'r goedwig. Ennill a cholli fu hanes datblygiad erioed.

Hen air bach annifyr oedd 'cofio,' gair yn amharu ar gwsg a dyddiau cyfan ac yn mynnu gwthio'i hun yn llechwraidd i sawl munud. Weithiau roedd anghofio'n haws. Wrth iddo ddadansoddi'r manylion a'r ffigyrau gwyddonol o'i flaen roedd 'cofio' yn neidio rhwng y llinellau ac enw Bethan yn gymysg â'r cofio bob tro. Doedd dim angen Wendy i ddweud wrtho ymhle roedd y Traeth Bach, roedd y daith i'r fan honno mor hawdd ac anadlu iddo. Fe fu yno ddwywaith heb ddweud gair wrthi.

Y pnawn cyntaf hwnnw doedd neb ar gyfyl y lle, hen sinach o wynt yn chwipio ymylon y tonnau a rhoi blas halen ar ei wefusau yntau wrth iddo gerdded yn araf at y Garreg Fawr, ac roedd ias y diwrnod wedi treiddio i galetwch honno pan bwysodd arni. Roedd hi'n ddiwedd pnawn yr eildro a lliwiau beiddgar y machlud yn dechrau hel ar y gorwel, a dim ond clec dawel ambell don yn herio'r tawelwch. Gadael yn hytrach na chyrraedd roedd yr ymwelwyr hefyd, cael ambell gip sydyn yn ôl cyn troi am gynefin a chartref a rhoi hanner gwên iddo yntau wrth basio. Roedd y Garreg Fawr yn llyfn fel gwydr ac ychydig o hindda'r dydd yn gynnes braf dan ei ddwylo, ac ar y foment honno y gwnaeth y penderfyniad i geisio cysylltu â

Bethan. Fe fyddai angen help Wendy i wneud hynny, ac fe fyddai dweud am y canlyniadau wrth Bethan o flaen neb arall yn lliniaru ychydig ar y cofio oedd yn dal i'w bryderu. Ond fe fyddai mwy na hynny i'w ddweud wrthi.

Roedd ei holl gorff yn gynnes drwyddo wrth i Bethan gamu o'r gawod a diwrnod cyfan iddi hi ei hun o'i blaen heb fawr ddim o bwys yn galw, ac roedd hi angen diwrnod felly wedi sawl noson o gwsg aflonydd. Ddoe roedd hi wedi rhoi sglein ar yr hen ganhwyllau ar y dresel fawr a'r haul yn wincian yn foddhaus wrth iddi lapio tywel yn dynn amdani cyn dechrau sychu'i gwallt. Dyna pryd canodd y ffôn.

"Beth," a rhedodd ias oer yn groen gŵydd drosti wrth iddi eistedd ar y gadair agosaf a gollwng y sychwr ar y carped. Ceisiodd reoli'r cryndod cyn ateb a phrin y deallodd eiriau cyntaf Huw wrth iddi sylweddoli pwy oedd yn galw. Diolch i'r drefn nad oedd neb gartref ond y hi neu gallai feddwl beth fyddai ymateb Ifan a Dylan i'r alwad. "Ydio'n iawn i mi siarad?" meddai o wedyn fel pe'n sylweddoli ei phanig cyntaf, a wnaeth hi ddim ateb, dim ond gadael i'w thawelwch ddweud y cyfan. Roedd tinc gwahanol i'r hyn a gofiai, ond yr un swildod hefyd wrth iddo ofyn iddi ddod draw at y Garreg Fawr.

"I be' Huw?" a dechrau hel esgusion yn ei meddwl, ond yn gwybod mai ildio i'r demtasiwn fyddai'n digwydd. Wedi'r cyfan roedd ganddi ddiwrnod i wneud fel y mynnai, ac fe fyddai'n gyfle iddi ddweud mwy na ddywedodd yn ei llythyr olaf ato, a hefyd i gael gwybod mwy am fwriadau Premier, dim ond iddi chwarae ei chardiau'n ofalus. Fe fyddai hynny'n fantais cyn y cyfarfod cyhoeddus. " Sgwrsio," oedd unig ymateb Huw, a'r gair bach hwnnw'n ddigon iddi fodloni ar y syniad o fynd draw at y Garreg Fawr ymhen dwyawr, gan obeithio na fyddai neb arall yn galw yn y cyfamser. Wnaeth o sôn yr un gair am y gorffennol, ond yr oedd yr un gair wedi creu hen gynnwrf ynddi a chlywodd ei hun yn dweud 'Welai di,' yn eiddgar wrth i Huw dorri'r alwad. Cododd yn gyflym a sylweddoli bod y tywel wedi llithro oddi amdani a'i bod yn sefyll yno'n hollol noeth.

Noson wael o gwsg oedd hi wedi gael, troi a throsi yn ei phryder am Dylan a dyfodol yr ardal yn ei llethu, a beth fyddai'n digwydd yn y cyfarfod cyhoeddus yn gowdal hunllefus yn hidlo rhwng cwsg ac effro. Roedd Ifan mor llonydd â charreg wrth ei hochr. Gweld Wendy mewn ffrog wen gelwyddog, a'i phriodas â Dylan ar dafod yr ardal gyfan.

"Ydach chi'n gwbod bod y ddau yn perthyn dydach?"

"O bell 'te."

"Perthyn ydi perthyn, hyd yn oed yn y dyddia' yma."

Ac fe fyddai'r neuadd yn orlawn i'r cyfarfod. Huw'n codi'n araf a'r sisial yn tawelu'n raddol, ac Ifan er gwaetha' popeth wedi dod yno, ac yn rhoi cip awgrymog arni wrth i Huw godi. Roedd hi wedi deffro'n chwys oer drosti, ei cheseiliau'n wlyb cyn lapio'i braich am gynhesrwydd agos Ifan.

Gobeithio na fyddai neb o gwmpas y Garreg Fawr. Dyna oedd yn ei phoeni wrth sylweddoli iddi addo heb feddwl dim am amgylchiadau felly, ond efallai mai dim ond ymwelwyr fyddai yno, a neb ond y hi yn adnabod Huw. Penderfyniad sydyn oedd o, byrbwyll efallai. Ond wrth iddi ddechrau dewis beth i'w wisgo sylweddolodd na wnaeth hi am un eiliad feddwl gwrthod y cynnig. Dyna oedd wedi digwydd yn ystod dyddiau ysgol hefyd. Roedd ychydig o ias ar yr awel wrth i'r haf ddechrau troi cefn, a rhoddodd Bethan ei jîns glas golau a siwmper ysgafn amdani, cyn cael cip foddhaus arni ei hun yn y drych wrth y drws cyn cychwyn allan i gyfeiriad y llwybr bach. Er bod y dail wedi dechrau troi lliw roedd digon ar y brigau iddi allu cuddio rhyngddynt, a gwelai ôl traed ar y tywod gwlyb yn y gwaelod ac ychydig o froc ddoe yma ac acw.

Roedd Huw Lloyd yn eistedd ar y Garreg Fawr yn edrych allan i gyfeiriad y môr a'r gorwel, a wnaeth hithau ddim brysio, dim ond rhoi ei throed ambell dro yn ôl ei droed yntau a sylwi ar y llanw'n troi'n araf. 'Beth' oedd ei unig air wrth gymeryd ei amser i ddod lawr o'r garreg, ac yna ailddweud ei henw ond heb estyn llaw i'w chyfeiriad wrth iddi ddynesu ato.

"Fedra'i ddim aros yn hir rhag ofn..." A phwyso ar y Garreg Fawr wrth ei ochr.

"Rwyt ti'n edrych yn grêt," a syllu'n sydyn arni. Wyddai hi sut i ymateb a doedd dim amdani ond dweud ei dweud cyn iddo gael cyfle.

"Wna'i ddim gofyn dim o dy hanes di, heddiw sy'n bwysig a dim arall. Faint ddeudodd Wendy wrthat ti?" Teimlodd galedwch ei geiriau ei hun.

"Wna inna ddim holi, dim ond deud 'Sori.'

"Sori am be' Huw? Hi ddyliai fod yn defnyddio'r gair.

"Am ddwad yn ôl, ond nid fy newis i oedd o, Beth. Job ydi hi, fel unrhyw job arall, a fy job ola' i fel mae'n digwydd."

"A be' wedyn?" Roedd y caledwch yn dal yno.

145

"Bodloni. Os medra'i."

"Bodloni dy fo ti wedi difetha' fama a sawl lle arall ma' siŵr."

Roedd ei geiriau wedi ei frifo i'r byw a hynny'n amlwg ar ei wyneb.

"Nid fy mhenderfyniad i fydd o Beth, casglu ffeithiau' dwi'n neud nid eu defnyddio nhw."

"A be ydi'r ffeithia' Huw? Wnei di ddim deud ma' siŵr." Roedd hi wedi closio ychydig wrth ofyn.

"Fyddi di yn y cyfarfod?"

"Wrth gwrs mi fyddai yno. Fasa ti'n disgwyl i mi beidio? Mi ddeudodd Wendy hynny wrthat ti mae'n siŵr."

"Dwi'n dallt, Beth."

"Nag wyt, Huw. Gadal wnes di a fedri di ddim dallt am nad wt ti'n perthyn bellach. Fedri di ddim dallt be' ydi colli."

Tawelwch hir cyn iddo droi ati, pwyso'n drwm ar y garreg, ac yna rhoi ei ddwy law ar ei hysgwyddau.

"Paid â meddwl mod i wedi anghofio be' wnaethon ni addo i'n gilydd. Chdi dorrodd dy air, nid fi, a ma' 'na golli na wyddost ti ddim byd amdano fo."

"Chdi nath anghofio sgwennu." Gwthiodd ei ddwylo oddi ar ei hysgwyddau.

"Fedri di ddim deud bob dim mewn llythyr, Beth," a daeth geiriau'r llythyr olaf hwnnw yn ôl iddi bron air am air. "Fedar geiria' ddim deud be' ydi hiraeth, a wnes di ddim sôn am deimla' na dim byd felly. Dim ond deud bod Ifan wedi gofyn i ti a dy fod titha' wedi derbyn. A wt ti'n meiddio deud na wn i ddim byd am golli? Nid anghofio sgwennu 'nes i, methu 'nes i, methu deud petha' am dy fod ti mor bell oddi wrthai. A dyma chdi mor agos rŵan a

146

fedrai neud dim, dim ond mynd yn ôl. Dyna i ti be' ydi colli, mynd yn ôl a gwbod na fydd na ddim dŵad adra eto."

Cyn iddi sylweddoli roedd o wedi cydio yn ei dwylo, eu mwytho'n ysgafn, ei thynnu ato a'i chusanu'n eiddgar a'i gusan yn dweud mwy na geiriau. Ildio wnaeth hi a gadael iddo ei chofleidio'n hir cyn ei gollwng. Ddywedodd hithau yr un gair arall, dim ond edrych arno a throi'n ôl i gyfeiriad y llwybr bach gan gicio'r tywod dros olion ei draed. Roedd y llanw'n troi wrth iddi adael y traeth.

Roedd y trefniadau ar gyfer anfon yr offer yn ôl wedi eu cwblhau, yr alwad olaf i Premier wedi ei gwneud a'r gliniadur wedi ei gadw gyda'r manylion i gyd ynddo. Hon fyddai noson olaf Huw yn y Crown. Llugoer oedd y derbyniad a gafodd yn y cyfarfod cyhoeddus, a geiriau fel 'bradwr' a 'celwydd' i'w clywed o sawl cyfeiriad ambell dro, ond roedd yna beth cymeradwyaeth hefyd wrth i'r gair 'gwaith' gael ei ddweud. Ond roedd apêl Bethan i'r gynulleidfa'n amlwg ddigon. Sôn am golli wnaeth hi, colli am byth heb sôn am unrhyw ennill o gwbl, ac roedd hi wedi edrych i'w gyfeiriad dro ar ôl tro wrth ganolbwyntio ar y gwahanol fath o golli fyddai'n digwydd os deuai'r lanfa i fod.

Gair cyfarwydd iawn i Huw oedd 'gadael'. Dyna oedd o wedi ei wneud wrth drafaelio i bellafoedd byd ar ran y cwmni, ond gadael a gwybod y byddai yna siawns iddo ddychwelyd fu hynny. Heno roedd y gadael yn derfynol. Roedd pob gadael wedi golygu gwaddol, gadael gobaith am waith a chysur i rai, siom i eraill, gadael gwên a gadael deigryn, ond roedd gadael ei ddoe ei hun yn brofiad hollol wahanol. Nid Wendy ddaeth â'r botel Chablis i'w ystafell chwaith, ac roedd hynny'n siom am mai hi fyddai'r cyswllt olaf. Gadael yn gynnar oedd ei fwriad, cyn i'r haul roi sglein ar y môr, cyn i'r dref ddeffro a chyn i'r awydd am gael un cip ar y Garreg Fawr ail gydio. Doedd tymheredd y Chablis ddim yn iawn a gadawodd weddill y botel i egru ar silff y ffenestr cyn edrych at y gorwel a chau'r llenni. Tybed a fyddai Jackie wedi trefnu parti ymddeol ar ei gyfer? Welcome home, Hughie.

Gadael yn gynnar wnaeth Ifan a Dylan, pwyllgor yn galw Ifan a chwmni Wendy yn galw Dylan, a wnaeth o ddim gwadu hynny wrth roi cusan ysgafn ar rudd Bethan wrth adael. Fe fyddai hi wedi rhoi llawer am glywed sgwrs y ddau wrth iddynt deithio i'r dref. Beth bynnag arall oedd wedi digwydd yn y cyfarfod cyhoeddus roedd o wedi gadael ychydig o ôl ar y ddau. Roedd yna edrych ymlaen yn llygaid Dylan, nid yn unig am weld Wendy, ond am ail gydio yn ei waith coleg hefyd. Dim ond gobeithio na fyddai cariad yn ymyrryd yn ormodol ar hynny. Hogyn ei fam oedd o, roedd o wedi dangos hynny yn ei bryder amdani, a gorau yn y byd os byddai ei berthynas â Wendy yn ei gadw yn ei gynefin. Fe fyddai hynny'n plesio Ifan hefyd. Prin ei fod wedi sôn am y cyfarfod er ei fod wedi cydnabod y gefnogaeth a gafodd Bethan a gonestrwydd Huw hefyd, ac roedd yna wên chwareus ar ei wyneb wrth wneud hynny. Roedd o wedi addo dod adra'n gynnar heno.

Roedd angerdd a blas cusan Huw yn aros o hyd. Bron nad oedd hi'n dechrau difaru na wnaeth hi ddweud dim wrth adael, dim dymuno'n dda na gwylltio'n gacwn, dim ond ei adael yn pwyso ar y Garreg Fawr. Ond fe wyddai'n iawn iddi ei frifo i'r byw. Nid yn unig roedd yna angerdd yn ei gusan, ond roedd yno awch i brofi ei golled hefyd. Nid cusan cariad yn unig oedd hi, ond cusan oedd yn cyhuddo. Doedd hi erioed wedi profi cusan felly o'r blaen.

Trueni na fyddai hi wedi gofyn mwy iddo, hyd yn oed ymddiheuro ychydig er mor anodd fyddai hynny. Yn y canol roedd hi wedi bod o'r dechrau. Yn y canol rhwng Huw a Ifan yn ystod dyddiau ysgol, yn y canol rhwng Wendy a'i phroblem, rhwng y cynefin a'r datblygiad, rhwng ddoe ac yfory, y man llwyd sydd rhwng du a gwyn ac nid peth hawdd oedd ymdopi â hynny. Yn y fan honno roedd brifo, colli ac ennill yn digwydd i bawb ac nid gwendid oedd teimlo'n hunan dosturiol ambell dro. Roedd gan bawb yr hawl i hynny. Gwyddai na fyddai Wendy yn y Crown, a pheth digon cwrtais fyddai cael gair gyda Huw a dymuno'n dda iddo cyn iddo ymadael. Fe fyddai hynny'n tawelu ychydig arni. Cododd y ffôn.